ESSAIS

D'ESTHÉTIQUE

PRÉCÉDÉS DE NOTIONS NOUVELLES

SUR LE VRAI, LE BEAU, LE BIEN

Par J. LESFAURIS.

« Tout dépend des sentiments : par eux se trouvent les pensées, et dans la même proportion. »
(GŒTHE.)

« Les grandes pensées viennent du cœur. »
(VAUVENARGUES.)

PARIS
GARNIER FRÈRES, LIBRAIRES-ÉDITEURS,
6, RUE DES SAINTS-PÈRES.

1858

ESSAIS D'ESTHÉTIQUE.

ESSAIS
D'ESTHÉTIQUE

PRÉCÉDÉS DE NOTIONS NOUVELLES

SUR LE VRAI, LE BEAU, LE BIEN

Par J. LESFAURIS.

« Tout dépend des sentiments : par eux se trouvent les pensées, et dans la même proportion. »
(GŒTHE.)

« Les grandes pensées viennent du cœur. »
(VAUVENARGUES.)

PARIS
GARNIER FRÈRES, LIBRAIRES-ÉDITEURS,
6, RUE DES SAINTS-PÈRES.

1858

TABLE DES MATIÈRES.

QUATRIÈME PARTIE. — Musique.

Vérification et application des principes de l'esthétique à la musique.

CINQUIÈME PARTIE. — Conclusion.

AVANT-PROPOS.

Mon but, en publiant ces Essais, est surtout de mettre en évidence une lacune importante en philosophie : l'esthétique, science du beau, science du sentiment, occupe à peine en philosophie une petite place, alors qu'elle devrait y tenir la place la plus importante, le sentiment embrassant l'intelligence innée de l'homme, antérieure à l'intelligence acquise.

Il est vrai que cette lacune a été aperçue par quelques écoles de philosophie, mais ces écoles n'ont pas, que je sache, analysé le sentiment dans ses diverses transformations, et surtout elles n'ont pas creusé assez avant pour découvrir la source même du sentiment, c'est-à-dire le beau essentiel et divin, base de la morale et de l'esthétique.

Bien que le fait paraisse incroyable, c'est en analysant les éléments invariables du beau dans le son musical et spécialement dans la voix humaine, et en cherchant le pourquoi de la mystérieuse relation des sons, que nous avons été entraîné, par la logique des idées et comme malgré nous, à la recherche des principes antérieurs et supérieurs du beau et de la forme du beau.

Et pour que le fruit d'un long et pénible travail, auquel peu de personnes auraient le loisir de se livrer, ne soit pas tout à fait inutile à l'art; et en même temps, nous le répétons, pour faire ressortir l'importance du sentiment en philosophie, nous nous sommes engagé dans les périls d'une science aussi difficile que l'esthétique, exigeant des connaissances si diverses; science où il reste tant à faire, malgré les écrits nombreux et d'un mérite incontestable qui s'occupent d'esthétique. Il est vrai que dans ces écrits, au lieu de chercher à établir les principes du beau et de la forme du beau, on s'occupe en réalité à discourir élégamment sur le beau : à part de rares exceptions, on fait de l'art bien plutôt que de la science. Aussi avons-nous été obligé de tracer notre route sans trop pouvoir profiter des travaux d'autrui.

Ceci dit pour assumer sur nous l'insuffisance de ces Essais autant que pour réclamer l'indulgence du lecteur, voici l'économie de l'œuvre : après avoir défini dans la première partie le vrai, le beau, le bien, d'après l'intelligence départie à l'homme, nous avons, dans la deuxième partie, abordé l'esthétique, c'est-à-dire les principes du beau et de la forme du beau. Dans les troisième et quatrième parties, nous avons vérifié et appliqué ces principes à la musique, en commençant par le son musical, et nous avons ainsi montré à la source même de l'art musical les éléments du beau et de la forme du beau [1].

Dans la cinquième partie, qui est comme une sorte de conclusion de notre travail, afin de mettre en toute évidence la relation et la dépendance des trois parties de l'intelligence (faculté de connaître, sentiment et conscience), nous avons constaté les limites naturelles de la faculté de connaître, nous appuyant sur les explications contenues dans les deuxième, troisième et quatrième parties; puis nous avons montré les rapports de la faculté de connaître avec le bien, avec le beau, et enfin nous nous sommes occupé des rapports de la faculté de connaître avec le progrès.

Pour terminer les observations à faire au lecteur, nous devons en quelques mots indiquer la liaison naturelle des brochures pu-

[1] Pour compléter l'esthétique, il faudrait de même, dans chacune des branches des beaux-arts, vérifier et appliquer les principes de l'esthétique; je me suis borné à la musique, ou plastique de l'ouïe, que j'ai étudiée spécialement.

bliées par nous antérieurement avec les *Essais d'Esthétique :*

La brochure *Origine de la gamme,* publiée en 1852, contient les éléments de l'acoustique musicale. En développant les principes de cette brochure, on crée une science nouvelle, l'acoustique musicale qui lie l'art à la science; l'acoustique musicale qui repose sur l'esthétique, puisqu'elle s'occupe du son musical au point de vue exclusif de l'art.

La brochure *Théorie du Métronome,* ou *Physiologie de l'ouïe au point de vue musical,* fait aussi partie de l'acoustique musical. C'est pour ainsi dire la décomposition par l'ouïe du son musical, le squelette du son musical.

Quant à la physiologie de la voix chantée et à la brochure intitulée : *Unité de la voix chantée et auscultation de la voix,* ces trois brochures se rattachent évidemment à l'acoustique musicale, qui embrasse tous les modes de production du son musical : voix, instruments à vent, à archet, à bec, à anches, etc., etc.; seulement, l'instrument vocal étant le plus parfait des instruments, doit nécessairement servir de type.

A mesure qu'on avance dans les recherches, les choses vont se simplifiant; aussi à peine est-il nécessaire de faire observer que si dans ces brochures on rencontrait des explications paraissant en désaccord avec les *Essais d'Esthétique,* c'est ce dernier travail qui devrait être préféré.

ESSAIS D'ESTHÉTIQUE.

PREMIÈRE PARTIE.

CHAPITRE I.

Du vrai, du beau, du bien.

Le *vrai* est impérissable, éternel, malgré les erreurs de l'humanité; car le vrai, c'est ce qui *est* dans la création, ou plutôt les lois de ce qui est; les explications plus ou moins satisfaisantes des philosophes et des savants de tous les temps, ne sauraient lui porter la plus légère atteinte. Le vrai embrasse les lois de la matière, les lois de la matière organisée, les lois de l'animal, les lois de l'intelligence, etc., etc.; c'est la science totale de l'œuvre de Dieu, le grand livre de la nature, la vraie science.

La nature intime des choses est interdite, inutile à

l'homme ; mais il a la faculté de connaître les rapports nécessaires, c'est-à-dire le vrai, la loi, et de l'utiliser à son profit.

Le *beau* consiste dans les desseins que les merveilles de la création révèlent ; desseins que nous ne pouvons comprendre, mais dont nous avons le sentiment invincible par le spectacle de ces merveilles, comme nous avons le sentiment invincible de notre existence, de l'existence de ce qui n'est pas nous, sans comprendre l'existence de ce qui n'est pas nous, sans comprendre notre propre existence.

Quels que soient les desseins du Créateur, la conscience nous dit que le *bien* est certainement de les seconder et non de les contrarier. Dans une autre vie, avec une intelligence dépouillée de l'enveloppe matérielle, peut-être pourrons-nous atteindre à ce qui constitue le bien pour Dieu ; mais ici-bas, avec l'intelligence qui nous a été departie, le bien pour l'homme de tous les temps, de tous les lieux, est assurément de seconder les desseins du Créateur.

Des explications qui précèdent, il résulte que le vrai, le beau, le bien, dans l'œuvre du Créateur, n'existent que par l'homme [1] ; supprimez l'homme par la pensée, et il n'y a dans la création que ce qui *est*. Tout ce qui est dans l'univers, l'homme excepté, concourt aux desseins du Créateur en obéissant à des lois immuables, éternelles...

[1] C'est-à-dire que l'homme seul en a l'intelligence.

CHAPITRE II.

Intelligence de l'homme correspondant au vrai, au beau, au bien; et analyse de la sensation.

Si le vrai, le beau, le bien, n'existent que par l'homme, son intelligence doit assurément correspondre à ces trois aspects du vrai; aussi distinguons-nous dans l'intelligence humaine : la faculté de connaître, le sentiment et la conscience.

La faculté de connaître embrasse le vrai, c'est-à-dire les rapports nécessaires; les cinq sens mettent l'homme en communication avec le monde extérieur, mais c'est l'œil intérieur qui regarde et écoute; cet œil intérieur, qui n'est autre que la faculté de connaître, observe les causes et les effets, et, par induction, déduction, etc., dégage des faits sensibles fournis par les sens, les rapports nécessaires, la partie invariable, la loi, c'est-à-dire le vrai, quatre expressions synonymes.

Le sentiment, dans son acception la plus étendue, c'est la science innée secrète des choses; et le sentiment sous ses diverses formes, que nous allons analyser, embrasse tout ce qui échappe à la faculté de connaître; et la faculté de connaître elle-même repose sur le sentiment. Aussi l'illustre Descartes n'a-t-il pas pu dire légitimement : Je doute, donc je pense, donc je suis; ou du moins sa proposition est en réalité celle-ci : J'ai le sentiment de *mon doute,* j'ai le sentiment qu'il n'y a pas d'effet sans cause ; donc je pense, donc je suis. Supprimez par la pensée le sentiment de son doute, et le sentiment qu'il n'y a pas d'*effet sans cause,* et Descartes, ce grand génie, sera dans l'impuissance d'affirmer sa propre existence.

Le sentiment de notre existence, de l'existence de ce qui n'est pas nous ; le sentiment qu'il n'y a pas d'effet sans cause, et conséquemment de l'existence d'une cause première ; le sentiment de l'infini, etc., etc., est le premier degré du vrai perçu par le sentiment. Le deuxième degré du vrai perçu par le sentiment, c'est le sentiment du beau, sentiment des desseins du Créateur, sentiment que les merveilles de la création éveillent en nous [1]. La poésie est le sentiment vague que ces merveilles éveillent ; mais ce n'est pas tout : l'homme, chef-d'œuvre de la création, possède le beau *essentiel et divin ;* ce beau essentiel et divin embrasse les sentiments supérieurs que Dieu a mis en nous, secondant ses desseins ; sentiments d'où dérivent tous les devoirs [2], sentiments ayant les re-

[1] L'unité, la relation des lois de la création, en faisant rayonner, resplendir le vrai, engendre aussi le sentiment du beau, qui surgit ainsi de la faculté de connaître.

[2] Le travail est le premier devoir, non pas seulement parce qu'il dérive des nécessités de notre nature, mais parce qu'il est imposé à l'homme par les sentiments supérieurs d'où dérivent tous les devoirs ; et c'est pourquoi l'oisiveté engendre fatalement le mal, le vice.

Honorer la vertu, fuir le mensonge, honorer ses parents, n'être pas ingrat, commander à ses passions, n'être pas l'esclave des sens, rendre à chacun ce qui lui est dû, ne toucher jamais au bien d'autrui, etc. ; ces

mords de la conscience pour sanction, conscience qui conspire contre nous alors même que l'action qu'elle nous reproche nous est profitable, conscience qui nous approuve même pour les actes contraires à notre intérêt personnel.

L'homme a la conscience (¹) que l'acte conforme à ces sentiments est bien; et que l'acte contraire à ces sentiments est mauvais.

Supprimez par la pensée le sentiment des desseins du Créateur, supprimez les remords de la conscience, et le devoir n'existe pas pour l'homme; ou du moins le devoir se réduit à vivre le mieux possible, n'importe par quels moyens, en respectant toutefois les lois du pays qu'on habite, ou plutôt en évitant d'être en contravention avec ces lois.

Ainsi, la faculté de connaître, le sentiment et la conscience se complètent et constituent l'intelligence

diverses manifestations du devoir font évidemment partie des sentiments secondant les desseins du Créateur; mais en outre le devoir infini de sa nature grandit pour chacun à mesure que les sentiments supérieurs dominent; aussi, le devoir ne consiste pas seulement à ne pas mal faire; le devoir implique toujours à quelque degré, dévouement, sacrifice, abnégation : dévouement envers la patrie, les siens, la vérité, etc.; tous les genres de dévouements étant compris dans les sentiments supérieurs secondant les desseins du Créateur.

(¹) En dehors du bien et du mal, la conscience s'appelle le sens commun, que tous les hommes possèdent à quelque degré. C'est le sens commun qui, en quelque sorte, sert de trait-d'union entre la faculté de connaître et le sentiment, c'est-à-dire entre l'intelligence acquise et l'intelligence innée.

une et indivisible de l'homme, correspondant au double aspect du vrai. Par la faculté de connaître, l'homme perçoit le vrai de la création *tourné vers lui,* c'est-à-dire les rapports nécessaires dérivant de la nature des choses ; par le sentiment et la conscience, l'homme est en contact avec le vrai *tourné vers Dieu* (beau et bien), qui l'oblige au devoir; deux aspects du vrai qui se complètent nécessairement.

Le degré auquel l'homme perçoit ces deux aspects du vrai dépend, toutes choses égales d'ailleurs, du développement de son intelligence. Dieu a bien mis en nous les germes de la compréhension, du sentiment, et la conscience; mais encore faut-il que ces germes atteignent le développement dont ils sont susceptibles, ainsi que nous l'expliquons au chapitre suivant.

Il nous reste, pour compléter l'analyse de l'intelligence de l'homme, correspondant au vrai, au bien, au beau, à nous occuper de la sensation, que nous avons à dessein laissée à part. Les cinq sens, avons-nous dit plus haut, mettent l'intelligence en communication avec le monde extérieur; le *comment* de la sensation est inaccessible à notre intelligence, mais nous pouvons décomposer les faits produits et en suivre la liaison; ainsi, la sensation implique et suppose : impression, sensation, attention, vision, perception; action du dehors au dedans : sensation; réaction du dedans au dehors : perception de la sensation. A ce moment, l'intelligence est à la fenêtre, si j'ose ainsi parler; elle regarde avec ses trois lumières : faculté de connaître, sentiment et conscience, qui lui permettent, si ces trois flambeaux l'éclairent, d'apprécier le fait au point de vue du vrai, du beau et du bien, et de saisir la relation intime de ces trois aspects du vrai ; d'où il suit, à peine est-il nécessaire d'en faire la remarque, que si l'intelligence n'est éclairée que par l'un des flambeaux, la lumière est insuffisante pour saisir la relation du vrai, du bien et du beau.

La sensation, qui met ainsi l'intelligence en rapport avec le monde extérieur, se décompose, nous l'avons vu, en impression, sensation, attention, vision, perception ; mais il y a une autre sensation commune à *l'animal et à l'homme,* sensation dérivant de la propriété qu'a l'animal d'être sensible à la douleur physique et au plaisir physique. Cette sensation, qui s'arrête aux sens, à la partie matérielle de l'être, se décompose en impression et sensation ; il ne faut donc pas la confondre, comme on le fait généralement, avec la sensation destinée à mettre l'*intelligence* en rapport avec le monde extérieur ; celle-ci n'est destinée qu'à mettre l'*animal* en rapport avec le monde extérieur ; elle correspond aux nécessités de l'organisation ; elle correspond aux instincts de l'animalité, comme l'autre sensation correspond et est au service de la faculté de connaître ; en résumé, elle correspond au *mal-être* ou au *bien-être* de l'animal, et nous verrons plus loin (Ve Partie, Chap. II) comment le mal surgit de cette sensation essentiellement égoïste (1). Nous

(1) Nous définissons l'égoïsme l'emploi de l'intelligence au profit

n'avons voulu ici que constater ces deux espèces de sensations, qu'on est trop enclin à confondre; on oublie trop facilement que les sens sont des organes complexes, destinés à mettre l'*intelligence* en communication avec le monde extérieur, c'est-à-dire des instruments de l'intelligence; en même temps que ces organes, sensibles au bien-être et au mal-être physique, sont destinés à mettre l'*animal* en communication avec les corps extérieurs.

CHAPITRE III.

Développement de l'intelligence une et indivisible, et incarnation de l'intelligence.

Les germes de l'intelligence existent en nous; mais ces germes ont besoin d'être fécondés pour atteindre le développement dérivant de leur nature; développement qui doit être dirigé avec beaucoup d'art; art qui consiste tout simplement à faire accoucher l'intelligence, et non à accoucher pour elle. L'intelligence ne se verse pas du maître au disciple, comme le liquide dans un vase; l'intelligence, c'est la lumière intérieure

exclusif de la vie des sens; c'est le type de l'égoïsme; les variétés, quelles qu'elles soient, se reconnaissant à ce signe, que l'intelligence, loin d'être déterminée par un motif supérieur impersonnel, est déterminée exclusivement par le moi, la personnalité, l'animalité.

développée, fécondée par le contact de la lumière venant du dehors, et c'est pourquoi l'intelligence de l'homme n'atteint le développement dérivant de sa nature que dans la société et par la société.

Lorsque, fécondée par le triple concours de l'enseignement, de la famille et de la religion, l'intelligence a acquis le développement dérivant de sa puissance, puissance variable comme les individus, le jeune homme est dans les conditions voulues pour exercer son activité intellectuelle dans la société, comme il est dans les conditions voulues pour exercer son activité matérielle, alors que son organisation matérielle a atteint son développement. A ce moment, suivant la carrière que les hasards de la naissance ou ses aptitudes lui destinent, il est apte à en faire l'apprentissage, c'est-à-dire à connaître la théorie, et à incarner en lui le *sentiment pratique* de l'art, de la profession, de l'industrie, du métier qu'il se propose d'exercer; et comme pour pratiquer quoi que ce soit, il faut habituer les organes à obéir à la volonté, afin qu'il y ait accord entre l'intelligence qui conçoit et l'organe qui exécute, ce sentiment pratique consiste à incarner son intelligence des choses dans les organes soumis à la volonté.

Dans le premier acte de la vie, les germes de l'intelligence se sont développés pour ainsi dire au contact de la lumière venant du dehors; l'activité de l'intelligence s'est exercée plutôt du dehors au dedans, ou du moins la lumière venait du dehors. Dans le deuxième acte, c'est sa propre lumière que l'intelligence manifeste; son activité s'exerce du dedans au dehors; aussi faut-il nécessairement soumettre les organes à la volonté, c'est-à-dire incarner l'intelligence dans les organes.

A cette condition, l'homme est une intelligence servie par des organes; auparavant, il n'était qu'une intelligence préparée, développée. De ce travail d'incarnation, dépend la valeur de l'homme dans la société; c'est ce travail (1) qui marque sa place; car on n'est, en réalité, artiste, avocat, médecin, agriculteur, négociant, charpentier, forgeron, menuisier, etc., etc., qu'alors qu'on a habitué les organes à obéir à la volonté, qu'alors qu'on a incarné l'intelligence pratique dans les organes.

Dieu a manifesté son intelligence à l'homme en dotant l'homme du sentiment sous ses diverses formes (science secrète des choses); l'homme, à son tour, manifeste son intelligence en soumettant les organes à la volonté. A ce moment, l'homme est une intelligence servie par les organes.

Cette nécessité pour l'homme de soumettre les organes à la volonté, afin de manifester son intelligence, est la première application de la loi du travail qui lui a été imposée; et cette nécessité se manifeste en toutes choses, car, même pour bêcher la terre, pour être

(1) Cela explique comment des élèves, supérieurs au collége, sont parfois des hommes ordinaires dans les professions qu'ils exercent; tandis que d'autres élèves, médiocres au collége, se distinguent dans la société.

simple manœuvre, il faut habituer le corps à obéir à la volonté.

Et pourtant, malgré cette évidente nécessité dérivant de la nature des choses, la psychologie, science de l'homme, semble ne pas avoir aperçu ce phénomène intellectuel, tant les choses trop près de nous nous échappent; si, en effet, les psychologistes avaient compris la nécessité pour l'homme d'incarner son intelligence, afin d'être apte à la manifester au dehors, il est évident que les systèmes basés sur la sensation, les systèmes plus ou moins entachés de matérialisme, n'auraient pu soutenir un examen sérieux; réduits à la sensation, les auteurs de ces systèmes auraient été dans l'impuissance radicale de produire leurs idées. Bien mieux, réduit à la sensation, l'homme ne pourrait même pas apprendre à lire, pas plus que les animaux ne peuvent apprendre à lire. Les auteurs de ces systèmes n'ont pas remarqué une chose pourtant fort simple, c'est que l'homme n'est une intelligence servie par des organes qu'alors qu'il a incarné son intelligence à quelque degré dans les organes; auparavant, il n'y a pas de manifestation d'intelligence possible. Cette simple observation suffisait pour faire ressortir l'inanité des systèmes visant plus ou moins au matérialisme.

CHAPITRE IV.

Philosophie considérée comme science des principes; ses rapports avec les autres sciences.

Avant qu'il y eût des savants, des philosophes, des mathématiciens, des physiciens, des chimistes, des physiologistes, etc., etc., les lois de la matière, de la matière organisée, les lois de l'animalité, les lois mathématiques, mécaniques, etc., etc., existaient; les savants n'ont fait que les découvrir et les expliquer d'une manière plus ou moins satisfaisante; de même que les industries diverses n'ont pu qu'utiliser ces lois d'une manière plus ou moins satisfaisante. Avant qu'il y eût des artistes, le beau existait, ainsi que les lois de la forme; avant les traités de morale, le bien et le mal n'étaient assurément pas indifférents;

Et comme l'homme n'a pu créer la science qu'avec l'intelligence dérivant de sa nature (faculté de connaître, sentiment et conscience), la science humaine, si variée qu'elle soit, peut se diviser en trois branches correspondant aux trois aspects du vrai (vrai, bien et beau) : la science proprement dite, embrassant le vrai de la création, perçu par la faculté de connaître [1]; l'esthétique et la morale, embrassant le vrai tourné vers Dieu, perçu par le sentiment et la cons-

[1] Lois de la matière, de la matière organisée; lois de l'animal, lois de l'intelligence, etc.

cience, deux aspects du vrai qui se complètent nécessairement.

La Philosophie s'occupant exclusivement à définir ce qui constitue le vrai, le beau, le bien, pour l'honneur de tous les temps et de tous les lieux, d'après l'analyse de l'intelligence de l'homme, intelligence une et indivisible, la Philosophie contiendrait les principes de la science humaine. C'est qu'en effet, s'il n'y a pas quelque chose d'invariable, qui soit vrai, bien et beau pour tous; s'il n'y a pas dans l'intelligence de l'homme des éléments invariables correspondant à ces trois aspects du vrai, les sciences humaines ne reposeraient sur aucuns principes.

Tel est, ou du moins tel devrait être le rapport de la Philosophie, considérée comme science des principes, avec les sciences diverses (1). Les sciences diverses ayant ainsi leur raison d'être dans la philosophie, la relation des sciences qui s'occupent du vrai, du bien et du beau serait évidente pour tous, ainsi que la relation des trois parties de l'intelligence qui constituent la raison humaine.

(1) Si des sciences diverses, nous passons à la pratique, c'est-à-dire à ce qui est sorti des mains de l'homme : industries diverses, beaux-arts, législation, etc., les industries diverses, arts, etc., ne pouvant être que des applications plus ou moins satisfaisantes au point de vue de l'utile, du beau et du bien, des principes contenus dans les sciences; il en résulte que la pratique a toujours sa raison d'être dans une théorie faite ou à faire, c'est-à-dire dans la science; et la science, à son tour, a sa raison d'être dans la philosophie, qui contient les principes invariables du vrai, du beau, du bien.

En résumant, dans les chapitres qui précèdent, nos idées sur le vrai, le bien, le beau, et sur l'intelligence [1] correspondant à ces trois aspects du vrai, notre intention n'est certes pas de critiquer ce qui est en philosophie, encore moins avons-nous la prétention de faire école; mais avant d'aborder l'esthétique, nous trouvant dans la nécessité de dégager le principe du beau, qui a sa raison d'être dans le vrai, nous avons été obligé de l'aller chercher dans ce qui devrait être, c'est-à-dire dans le vrai, le bien, le beau invariables, pour tous les temps et dans tous les pays, et non dans ce qui *est,* variable suivant l'école de philosophie en vogue à telle époque ou en tel pays;

Et nous avons constaté, d'après l'intelligence une et indivisible départie à l'homme, que le vrai invariable, c'est ce qui est; que le beau invariable consiste dans les desseins du Créateur et les sentiments secondant ces desseins; et que les actes conformes à ces sentiments constituent le bien invariablement.

[1] Lumière innée et lumière acquise.

DEUXIÈME PARTIE.

ESTHÉTIQUE.

CHAPITRE I.

Du vrai perçu par le sentiment.

L'*esthétique*, ou science du beau, s'occupe du beau et de la manifestation du beau avec art (forme du beau); et comme c'est par le sentiment que l'intelligence de l'homme est en contact avec le beau et la forme du beau, l'esthétique est aussi la science du sentiment.

Et d'abord, le beau existe-t-il? Rousseau a dit, et on a répété après lui : Hors le seul être existant par lui-même, il n'y a rien de beau que ce qui n'est pas; et, il faut en convenir, les définitions incomplètes et diverses qui existent sur le beau semblent donner raison à Rousseau.

Le beau consiste, nous l'avons dit à la Ire Partie, dans les desseins que les merveilles de la création révèlent et dans les sentiments que Dieu a mis en germe en nous, secondant ces desseins, sentiments d'où dérivent tous les devoirs.

La poésie est le parfum qui s'exhale des sentiments supérieurs de l'homme; c'est parce que la poésie existe dans l'homme que le spectacle de la nature éveille ses sentiments; sans la poésie intérieure, c'est en vain que les merveilles de la création frapperaient ses yeux et ses oreilles; il lui manquerait le sens de la poésie, c'est-à-dire le sentiment.

On a tout dit sur le beau, tout, excepté qu'il existe en nous et consiste dans les sentiments secondant les desseins du Créateur; toutefois, il faut en convenir, le sentiment, mal ou incomplétement analysé, semblait rendre impossible cette découverte; aussi croyons-nous utile, pour bien marquer les diverses transformations du sentiment, science innée qui est en nous, de rappeler ce que nous avons dit Ire Partie, Chap. II :

Le sentiment de notre existence, le sentiment de l'existence de ce qui n'est pas nous, le sentiment qu'il n'y a pas d'effet sans cause, et conséquemment le sentiment d'une cause première, le sentiment de l'infini, etc., etc., c'est le premier degré du sentiment servant de base à l'intelligence humaine; nous ne comprenons ni notre existence ni l'existence de ce qui n'est pas nous, etc., etc.; mais nous en avons le sentiment invincible, sentiment qui n'est nullement inférieur à la compréhension, au contraire. Appuyée sur ce sentiment, la faculté de connaître affirme les rapports nécessaires perçus par elle; isolée du sentiment, la faculté de connaître, nous l'avons déjà dit, ne pourrait pas affirmer *sa propre existence.*

Le deuxième degré du vrai perçu par le sentiment, c'est le sentiment du beau, c'est-à-dire le sentiment des desseins du Créateur, sentiment que les merveilles infinies de la création éveillent en nous; ce sentiment est-il vague, indéterminé, c'est la poésie.

Mais l'homme, chef-d'œuvre de la création, possède le beau essentiel et divin, c'est-à-dire les sentiments secondant les desseins du Créateur, sentiments d'où dérivent tous les devoirs, ayant les remords de la conscience pour sanction. Le beau essentiel et divin est le troisième degré du vrai perçu par le sentiment.

A part ces trois manifestations du sentiment, l'homme a les instincts inhérents à l'animalité, instincts qui lui sont communs avec les animaux, instincts qui se résument dans le sentiment de la conservation et de la reproduction de l'espèce; c'est pour ainsi dire une nouvelle transformation du sentiment. L'instinct est la science innée des choses qui se rattachent à la conservation de l'animal.

On l'aperçoit : loin de planer dans le monde imaginaire, le sentiment inné dans l'homme, comme les instincts, le sentiment analysé à tous ses degrés, est pour nous la base du vrai, du bien, du beau, c'est-à-dire la base de l'intelligence humaine [1].

[1] Supprimez par la pensée de l'intelligence, le sentiment qu'il n'y

Définir le beau, ce qui plaît aux sens, ce qui est agréable, suivant certaines théories du beau, c'est prouver qu'on ne connaît pas le beau ; ce qui est agréable fait partie du beau sans doute, mais n'est pas le beau; et même ce qui plaît aux sens variant comme les individus, cette théorie serait en réalité la négation du beau. Placer le beau dans l'utile, c'est méconnaître le beau; l'utile fait partie du beau sans doute, mais l'utile n'est pas le beau. Faire consister le beau dans la parfaite convenance des moyens relativement à leur fin, c'est sans nul doute un côté du beau ; sans cette relation des moyens et de la fin, il n'y a pas de bien ni de beau possibles, mais ce n'est pas encore le beau. Voir le beau dans la proportion, c'est confondre la forme et le beau ; la proportion est une condition de la forme du beau, mais ce n'est pas le beau ; la relation, qui est supérieure à la proportion, puisque la relation c'est l'unité dans la variété, la relation, nous le verrons plus loin, est la condition de la forme du beau, mais ce n'est pas le beau.

Toutes ces théories s'attachent, on l'aperçoit, à définir ce qui est beau, mais non pas le beau. Ce qui

a pas d'effet sans cause, et la faculté de connaître, nous ne saurions trop le redire, manque de fondement. Supprimez les sentiments secondant les desseins du Créateur (beau essentiel), et la morale ne repose que sur des conventions sociales, variables suivant les temps, les lieux, les circonstances, et les remords de la conscience sont inexplicables. Bien mieux, supprimez le sentiment des desseins supérieurs, et la création n'a pas de but, l'homme n'a pas de but, et le progrès est impossible pour l'homme et la société. (Voir Ve Partie)

est beau fait partie du beau, sans nul doute; mais ce qui est beau varie suivant les goûts, les impressions, les habitudes, etc., de chacun; tandis que le beau est invariable, impérissable, éternel; et la manière de voir et de sentir de chacun, pas plus que les explications plus ou moins satisfaisantes des savants, ne sauraient lui porter la plus légère atteinte, le beau consistant dans les desseins du Créateur que les merveilles de la création révèlent, et dans les sentiments secondant ces desseins.

Pascal a dit : *Quand l'univers l'écraserait, l'homme serait encore plus noble que ce qui le tue, parce qu'il sait qu'il meurt; et l'avantage que l'univers a sur lui, l'univers n'en sait rien.* Sans doute, la supériorité de l'homme sur l'univers est ici évidente; mais la supériorité de l'homme sur l'univers est surtout et avant tout dans les sentiments supérieurs de l'homme secondant les desseins du Créateur; et le plus beau, le plus merveilleux spectacle de la création, est assurément celui de l'homme, dont les actes sont déterminés par les sentiments supérieurs de sa nature; car cet homme, en obéissant à la loi du devoir qui implique toujours dévouement, sacrifice, abnégation, cet homme s'associe aux desseins du Créateur avec intelligence et volonté.

Avec une faculté de connaître suffisamment développée, l'homme peut arriver à la notion du beau, nous l'avons dit plus loin; mais cette notion ne l'obligerait nullement au devoir, c'est le beau essentiel et divin inné en lui qui l'oblige au devoir : noblesse oblige ; aussi l'homme est-il noble par le cœur et non par la tête, une grande science pouvant être au service d'une grande perversité : ce sont les sentiments supérieurs qui constituent la véritable, la seule noblesse de l'homme, la noblesse qui oblige [1].

CHAPITRE II.

Rapport du beau essentiel et divin avec le beau des arts.

Si le Créateur a mis en germe dans l'intelligence de l'homme le beau essentiel et divin (sentiments secondant ses desseins), ce n'est assurément pas pour le faire assister en simple spectateur aux merveilles de la création, mais bien plutôt parce qu'il a un rôle actif à remplir dans son œuvre.

L'homme, dont les actes sont déterminés par les sentiments supérieurs (beau essentiel et divin), mettant les desseins du Créateur au-dessus de ses desseins propres, pratique le beau qui le liè au Créateur ; c'est la *religion du beau*, et les pratiques religieuses ont pour but principal d'entretenir, développer dans

(1) Les titres honorifiques, les distinctions sociales, ne font pour ainsi dire que constater cette noblesse du cœur ; seulement, la société est quelquefois exposée à se tromper en délivrant ses brevets.

l'homme la pratique du beau, qui est en même temps le bien.

Mais l'activité de l'homme peut, en outre, manifester le beau essentiel et divin qui est en lui, avec l'attrait de la forme : c'est l'art du beau, le beau de l'art ne pouvant être d'une autre nature que le beau essentiel; seulement, l'art (forme du beau) étant le vêtement du beau, parfois l'art ne met rien sous le vêtement, ou bien, à la place du beau (sentiments supérieurs), il manifeste la beauté qui s'adresse aux sens, à l'animalité. Aussi, quelle que soit la manière plus ou moins satisfaisante dont, à diverses époques, l'art a compris le beau, il ne faut jamais oublier que le beau est impérissable, éternel, malgré les erreurs et les abus de l'art.

L'homme est à ce point habitué aux merveilles de la création, qu'il a des yeux pour ne point voir, des oreilles pour ne pas entendre; il lui faut un art et des artistes plus à sa portée, si j'ose ainsi parler, pour réveiller, entretenir, développer le sentiment du beau essentiel et divin que Dieu a mis en germe en lui : c'est le but de l'art du beau (beaux-arts), ou du moins tel est le but que doit se proposer l'art du beau en manifestant le beau avec l'attrait de la forme.

Assurément, à l'origine, les beaux-arts n'ont pas eu un but aussi élevé; ils n'ont d'abord eu d'autre but que d'amuser, distraire l'homme. Certaines branches de l'art, par exemple la musique, la danse, n'ont été à l'origine que l'expression naïve des sentiments qui débordaient chez l'homme. Néanmoins, dès que l'artiste a voulu prendre l'art au sérieux, dans l'une quelconque de ses branches, c'est au beau essentiel et divin qu'il a dû aboutir nécessairement; à ce moment seulement, il a entrevu le but et les véritables difficultés de l'art.

D'autre part, si on juge de l'art du beau par ce qu'il a été ou ce qu'il est, l'art du beau est loin de se proposer le but que nous indiquons ; bien mieux, on dirait que son but est tout contraire ; mais il ne faut pas confondre ce qui est avec ce qui devrait être; c'est en confondant ces deux choses, que Rousseau a pu soutenir avec une apparence de raison que les arts et les sciences corrompent l'homme; et l'Académie de Dijon n'a pas compris, en couronnant son discours, que dès qu'il s'agit de principes, il ne faut jamais confondre ce qui *est* avec ce qui *devrait être*.

Cette distinction admise, il paraît néanmoins difficile de reconnaître le beau essentiel et divin (sentiments secondant les desseins du Créateur) dans les œuvres si variées de l'art; ainsi, où est le beau essentiel et divin dans un vase, un galbe, dans un objet d'art quelconque? Ce vase, cet objet d'art, ne manifestent pas, il est vrai, le beau essentiel et divin directement; mais en manifestant l'idéal de la forme, dans un objet d'art quelconque, l'art éveille en nous la poésie de la forme, et arrive ainsi indirectement au beau essentiel et divin; tandis, par exemple, que Corneille prêtant à ses personnages les sentiments supérieurs de leur nature, manifeste au contraire *directement* le beau essentiel et divin; et même cette manifestation directe du beau essentiel par l'art, est à notre avis une condition du sublime (1).

Dans l'art littéraire, cette relation entre la forme et le beau est facile à saisir, car on aperçoit aisément le vide de la pensée sous le brillant de la forme; mais dans la plastique, où la forme et le beau sont si étroitement unis, où le beau est physique pour ainsi dire, la distinction paraît plus difficile :

D'abord, il n'y a pas dans la création un type physique du beau; seulement, la forme humaine est plus propre à manifester le beau que tout autre type de la création, parce que l'intelligence est incarnée dans ce type; par la pensée, supprimez l'intelligence de la face humaine, et vous reconnaîtrez que ce type de forme n'est pas plus beau que tout autre type de la création.

La plastique a fait, il est vrai, de la Vénus antique, le type du beau; mais il faut remarquer que la Vénus n'est le type du beau que si la forme manifeste le beau, c'est-à-dire les sentiments supérieurs de la femme; si ce sont les sentiments inférieurs, les appétits qui dominent, la Vénus est le type, non pas du

(1) Le beau essentiel implique toujours dévouement, sacrifice à quelque degré; aussi le qu'*il mourût* de Corneille est sublime, parce que ce mot du vieil Horace résume tous les dévouements, tous les devoirs.

De même Régulus est sublime, parce que son action implique tous les dévouements.

beau, mais de la prostitution ; à une forme parfaite, incarnez une expression imparfaite, inférieure, ignoble, vous n'aurez certes pas réalisé le type du beau [1]; le beau impliquant l'identité de la forme [2] et de l'expression.

Ce qui a fait croire à l'existence d'un type matériel du beau, c'est qu'on a confondu deux choses dans la femme : on a confondu l'attrait du sexe et le beau, et profitant avec habileté de l'attrait du sexe, la plastique a fait de la Vénus le type matériel du beau ; oubliant que le beau s'adresse aux sentiments supérieurs de notre nature, et non aux instincts; mais comme cette erreur flattait singulièrement les penchants de l'homme, jamais erreur ne fut plus aisément adoptée, ni plus universellement propagée.

Aussi, à notre avis, les distinctions admises du beau physique, intellectuel et moral, signifient en réalité que le beau qui est en nous est susceptible d'être éveillé par les beautés s'adressant aux sens, à

[1] Ce que nous disons de la Vénus s'applique nécessairement à l'Apollon du Belvédère, type du beau pour l'homme; lisez, au reste, l'analyse si connue de Winkelmann sur ce chef-d'œuvre de l'art, et vous verrez que c'est l'expression supérieure, divine de l'œuvre, que Winkelmann s'attache à faire ressortir.

[2] La forme humaine, manifestant la vie intellectuelle et la vie qui organise, le beau de la forme humaine, au point de vue de l'organisation, apparaît au moment où l'organisation atteint son complet développement ; aussi, la jeunesse, qui implique la santé, la force, la puissance, fait partie du beau, mais n'est pas le beau. (Voir, Chapitre suivant, la distinction entre le beau et ce qui fait partie du beau.)

la faculté de connaître ou à la conscience ; mais on commettrait une erreur étrange, si on supposait que le beau physique et intellectuel puisse exister en dehors du beau moral : c'est le beau moral (sentiments supérieurs), incarné avec art dans la forme, qui engendre le beau physique, le beau physique résultant de la relation de la forme et de l'expression ; ce sont les desseins du Créateur, perçus à travers la faculté de connaître, qui engendrent le beau intellectuel ; partout et toujours c'est le beau moral qui constitue la partie impérissable, invariable de l'œuvre d'art (1) ; les autres mérites des œuvres d'art varient avec le temps, l'habileté des artistes, etc. ; celui-là est invariable, éternel, parce qu'il correspond aux sentiments secondant les desseins du Créateur, sentiments universels bien que développés à des degrés divers chez chaque individu ; c'est par ce côté de l'art qu'Homère, Platon, Démosthène, et tant d'autres grands artistes de l'antiquité, sont immortels.

(1) Aussi, pour juger du mérite des œuvres au point de vue de l'art, faut-il posséder des connaissances spéciales ; et nécessairement les véritables connaisseurs sont rares dans les diverses branches de l'art, quoi qu'on en dise ; mais pour apprécier le beau incarné dans l'œuvre, c'est différent, le beau étant accessible pour tous, au moins à quelque degré. Napoléon Ier, avec cette profondeur de bon sens qui caractérise son génie, l'avait bien pensé ainsi, lorsqu'aux fêtes publiques il faisait jouer pour le peuple les chefs-d'œuvre de Corneille, artiste supérieur qui n'a compris l'art que comme un moyen de manifester le beau.

Ne voir dans les œuvres d'art que l'art pour l'art, la forme, c'est tout simplement l'idolâtrie.

CHAPITRE III.

De l'art (forme et beau).

Nous sommes tous artistes à quelque degré, car tous nous cherchons à produire nos idées et nos sentiments avec une certaine relation ([1]); mais l'artiste ayant, par une longue pratique, incarné en lui le sentiment de la forme, est dans les conditions voulues pour manifester ses sentiments et ses idées avec art, c'est-à-dire avec l'attrait de la forme, en employant des sons, des couleurs, des mots, des lignes, etc., etc.

L'art apparaît dès qu'on présente sa pensée dans une certaine relation; il ne suffit pas de juxtaposer ses idées d'après les règles de la syntaxe pour engendrer la forme, il les faut mettre dans une certaine relation, la plus simple, et l'unité est évidemment la relation la plus simple; car l'unité, c'est *l'identité dans la variété;* sans unité, il n'y a pas de forme, il n'y a que succession, ou plutôt juxtaposition d'idées. La relation, des idées est antérieure à la forme : une idée étant donnée; d'autres idées sont en relation nécessaire avec l'idée principale; c'est le sentiment de cette relation qui constitue l'unité de la forme.

Avec de l'imagination, l'artiste crée un idéal de la

([1]) Partout où il y a relation, l'art existe à quelque degré. Ainsi, le simple ouvrier est artiste à quelque degré, dès qu'il emploie ses matériaux avec le sentiment de la relation.

forme ; je veux dire qu'il présente la forme telle qu'elle devrait être, c'est-à-dire parfaite dans toutes ses parties ; il ne crée pas de type de forme, au moins dans la plastique ([1]), car tous les types de forme existent dans la création ; mais il arrange, combine, idéalise les éléments de forme, la perfection existant rarement au même degré dans toutes les parties de la forme ([2]), et de la sorte l'art embellit la nature en la présentant par son beau côté.

Le mérite de l'art, d'ailleurs, n'est pas tant dans la création des types nouveaux de forme, mais plutôt dans ce que l'artiste dit avec la forme ; en d'autres termes, dans l'intelligence qu'il incarne dans la forme, l'art n'étant que la forme, le vêtement du beau. Si beau que soit le vêtement, encore faut-il qu'il y ait quelque chose dessous.

L'art du beau se divise naturellement en trois branches correspondant aux sens de la vue, de l'ouïe et à l'intelligence : l'une embrasse les arts qui manifestent la forme au sens de la vue ; la musique ou plastique de l'ouïe embrasse l'art qui s'adresse à l'ouïe ; et enfin, la troisième branche embrasse l'art littéraire qui manifeste la forme à l'intelligence.

([1]) Le musicien crée un type de forme pour l'ouïe (Voir IVe Partie, Chap. I), et en littérature, l'artiste crée aussi la forme pour l'intelligence.

([2]) Et, par exemple, le type humain est rarement parfait dans toutes ses parties ; les beautés de la nature sont répandues d'un côté et de l'autre ; l'artiste, choisissant et réunissant ces beautés, crée un idéal de forme sans sortir de la nature.

En incarnant les sentiments supérieurs dans la face humaine, le beau est physique, puisqu'il est sensible au sens de la vue; de même, pour le sens de l'ouïe, en incarnant le sentiment dans la voix, le beau se manifeste matériellement à l'ouïe.

En incarnant les sentiments supérieurs dans les mots, le beau se manifeste directement à l'intelligence, et l'art de l'écrivain consiste précisément à employer les mots, en faisant image pour les yeux et musique pour l'oreille. A ces conditions, l'art manifeste le beau à l'intelligence en charmant les yeux et les oreilles.

Dans ces trois manifestations du beau dérivant de notre nature, on le voit, il n'est nullement question d'un type physique du beau; c'est l'incrustation, l'incarnation des sentiments supérieurs de notre nature dans la forme, qui matérialise le beau et le présente avec attrait. Nous avions donc raison d'affirmer, dans le chapitre précédent, qu'il n'existe pas un type physique du beau dans la création. Toutefois, hâtons-nous d'ajouter, que tout ce qui éveille le beau qui est en nous, fait partie du beau nécessairement.

A ce point de vue, la question du beau, si controversée, est de la plus grande simplicité; il n'y a qu'une chose qui soit *le beau* : les desseins du Créateur que les merveilles de la création révèlent, et les sentiments secondant ces desseins existant en germe en nous. L'art incarne-t-il ces sentiments dans la forme? L'art matérialise le beau; hors ce cas, tout ce qui dans la nature ou l'art éveille le beau qui est en nous, fait partie du beau nécessairement, mais n'est pas *le beau;* et par exemple, l'infini en puissance, intelligence, perfection, etc., que la faculté de connaître perçoit dans la relation des lois de la création, fait partie du beau, l'infini étant une des qualités du beau.

Les merveilles de l'art qui, par la seule perfection de la forme, l'idéal de la forme, éveillent en nous la poésie, font partie du beau; c'est qu'en effet, la forme fait partie du beau, c'est le vêtement du beau; et plus elle est parfaite, plus elle rappelle le beau. Tout ce qui se rattache à l'art : le goût, l'esprit, la grâce, l'imagination, etc., font partie du beau, mais ne constituent pas le beau. Bien mieux, ces avantages peuvent être employés avec art contre le beau; ne voyons-nous pas tous les jours l'art, l'esprit, le goût, etc., au service du mal?

L'art d'une époque est la manifestation des sentiments dominant à cette époque; si les sentiments inférieurs dominent dans la société, l'art inclinera à développer la vie du sens, le beau se matérialisera dans la forme; au contraire, les sentiments supérieurs prévalent-ils, l'art n'aura d'autre but que de manifester le beau;

Si c'est l'ignorance, la barbarie, qui règnent dans la société, comme chez les sauvages, l'art grossier, rudimentaire, sera l'expression du faible développement de leur intelligence du beau.

Parfois un homme de génie devance son siècle, et ses œuvres peuvent donner, en apparence, un démenti à la relation que nous signalons entre l'art à une époque et les sentiments dominant à cette époque ; mais ces exceptions sont fort rares; pour être compris, recherché, accepté, il faut bien que l'artiste soit de son époque, qu'il ait le génie de son époque, sous peine d'être voué à la misère comme les grands inventeurs, les initiateurs dans tous les genres.

Néanmoins, en tenant compte du milieu où ils se trouvent, les grands artistes, les artistes de génie, vont en avant pour éclairer la marche; ils se proposent toujours d'améliorer l'homme, et par conséquent s'adressent aux sentiments supérieurs de sa nature; tandis que les artistes de talent qui manquent de génie, subissent leur époque; au lieu de marcher en avant, ils se traînent à sa suite sans but, sans foi, sans mission.

CHAPITRE IV.

De l'expression langue universelle, manifestant les sentiments de l'homme à l'homme.

L'expression dans l'acception la plus étendue, c'est le mouvement, la vie [1], incarnés dans la forme;

[1] A ce point de vue, tout ce qui est sorti des mains de l'Artiste éternel a une expression, car tout a mouvement, vie. Le mouvement des mondes de l'espace est en quelque sorte l'expression de la matière; l'or-

aussi en incarnant dans la face humaine l'intelligence, qui est mouvement, vie, l'artiste la rend expressive; elle exprime, quoi? l'intelligence. Veut-il changer cette expression en expression de joie, douleur, honte, colère, haine, etc., l'artiste donne aux traits le mouvement qui convient à la manifestation de ces divers sentiments; et même s'il veut représenter le chaos de l'expression, les mouvements de la face, au lieu d'être en relation, seront pour ainsi dire en opposition.

Si de la plastique nous passons à la littérature, la musique, etc., nous voyons également que l'expression surgit dès qu'on incarne l'intelligence dans la forme; l'expression, c'est le mouvement, la vie incarnés dans la forme; et comme le sentiment est de sa nature un *mouvement* (1) pour ou contre, l'expression manifeste les sentiments.

ganisation est l'expression de la vie dans le règne végétal, comme l'organisation et les instincts sont l'expression de la vie du règne animal; comme l'organisation, les instincts et l'intelligence expriment la vie triple de l'homme; et suivant que la vie animale ou la vie de l'intelligence domine, l'expression de l'homme s'élève ou s'abaisse.

(1) Le sentiment, considéré dans sa manifestation du dedans au dehors, est un mouvement; et, comme tout mouvement, il est pour ou contre, attractif ou répulsif, et conséquemment exprime toujours à quelque degré la douleur ou la joie, la souffrance ou le contraire; aussi, tous les sentiments se rangent sous ces deux mots : *amour* ou *haine*. Amour, attraction pour le vrai, le bien, le beau; haine, répulsion pour le mal.

Les sentiments se divisent, en outre, en deux catégories, suivant qu'ils expriment l'état de l'individu : ses souffrances ou ses joies intérieures; ou simplement le sentiment pour ou contre de l'homme, au point de vue des faits extérieurs.

D'où il résulte que l'expression est une langue manifestant les sentiments ; langue riche ou pauvre, suivant l'intelligence de celui qui la parle; mais toujours suffisante avec les gestes automatiques pour manifester les sentiments et les besoins de l'homme à l'homme.

Langue très-certainement primitive, car avant de se réunir en société, avant les conventions qui ont dû précéder tout idiome, les hommes ont dû pouvoir se communiquer leurs sentiments et leurs besoins.

Langue universelle, car elle manifeste l'intelligence à l'intelligence, non pas avec des mots convenus d'avance, mais directement, par le mouvement, la vie de l'intelligence, en vertu de la sympathie dérivant de la nature de l'homme.

Néanmoins, malgré son origine divine, son universalité, les idiomes d'invention humaine ont dû remplacer nécessairement l'expression dans les sociétés humaines, à mesure que chez l'homme la faculté de connaître a prévalu sur les sentiments. Je m'explique : La faculté de connaître découvre les rapports nécessaires, les lois de ce qui est dans l'œuvre du Créateur; c'est la science humaine qui se communique de l'homme à l'homme, non pas par l'expression, mais par l'explication et la démonstration; la science humaine ne saurait se communiquer autrement. Aussi, pour expliquer, démontrer son intelligence des choses, pour communiquer la multitude de rapports perçus par l'intelligence, l'homme a bien été obligé, à mesure que sa faculté de connaître s'est développée, de créer des mots exprimant ces rapports, et conséquemment de créer un idiome correspondant à la faculté de connaître; et de la sorte, la faculté de connaître a absorbé petit à petit le sentiment, et avec le temps les idiomes d'origine humaine ont remplacé l'expression, malgré son origine divine et son universalité.

Pour nous, on le voit, les idiomes des peuples correspondent à la science humaine, à l'intelligence acquise, et l'expression correspond à la science divine, à l'intelligence divine, car l'expression manifeste la science innée de l'homme, c'est-à-dire les sentiments et les instincts.

Quoi qu'il en soit, les idiomes d'origine humaine remplaçant l'expression, malgré son origine divine (et certes, ce n'est pas une des moindres preuves de la haute destinée de l'homme et de sa supériorité sur la création), l'expression est restée la langue exclusive de l'art du beau ; langue parlée par des natures supérieures, et néanmoins universelle ; langue riche ou pauvre, triviale ou distinguée, suivant l'intelligence de celui qui l'emploie ; langue servant de communication de l'homme à l'homme, non pour les besoins ordinaires de la vie, les idiomes vulgaires et les mouvements automatiques suffisent pour manifester ces besoins et les rapports perçus par la faculté de connaître, mais pour manifester les sentiments de l'homme sous la forme du beau, par l'expression...

L'expression est la condition de l'art ; sans expression, l'art n'a pas de but, d'intention; il est inintelligent; c'est l'art de la forme, ou plutôt l'art pour l'art. Buffon a dit : Le style, c'est l'homme, et nous ajoutons : L'expression, c'est l'artiste.

CHAPITRE V.

Idéal et Réalité.

Généralement on considère l'idéal comme un rêve de l'imagination, et même pour beaucoup de gens le mot *idéal* est le contraire du vrai.

Pour nous, l'idéal c'est le vrai considéré dans ce qui devrait être, et la réalité est le vrai considéré dans ce qui est [1]. L'artiste veut-il idéaliser une tête vulgaire, il donne aux traits, d'après leur forme naturelle, l'expression qu'ils auraient eue si les sentiments, c'est-à-dire ce qui devrait être, avaient prévalu sur les instincts.

Ces deux aspects du vrai dérivent de la nature de l'homme ; par les sentiments supérieurs de sa nature, l'homme aspire au progrès, à l'amélioration, à ce qui devrait être : par sa nature matérielle, ses instincts, ses appétits, il est retenu dans la réalité.

[1] A ce point de vue, l'idéal c'est le vrai, la réalité n'en est que l'apparence.

Avec de l'imagination, c'est-à-dire la faculté d'être vivement impressionné, de conserver l'image de l'impression et surtout la puissance de modifier cette image, d'en créer, *imaginer* de nouvelles, car l'imagination c'est surtout et avant tout l'invention [1], la création ; avec de l'imagination et le sentiment pratique de la forme, l'artiste dont le sentiment du beau est développé à un degré supérieur, est dans les conditions voulues pour manifester l'idéal au degré où il l'a perçu. Mais si puissante que soit l'imagination, si elle ne repose pas sur ce qui est ou ce qui devrait être, l'imagination de l'artiste n'engendrera que des chimères ; en dehors de ce qui est ou de ce qui devrait être, il n'y a en effet que des rêves, des chimères, pour l'imagination.

Ces considérations, pour justifier le sens que nous attachons au mot *idéal,* nous amènent naturellement à examiner si le but des arts est de manifester le vrai, la réalité, ou le vrai idéal?

D'abord, réduit à la réalité, l'art du beau n'aurait pas de raison d'être, il ne servirait qu'à multiplier les misères, hélas! trop réelles de l'humanité, sans compter que la réalité détruirait nécessairement toute imagination chez l'artiste.

Ensuite, il ne faut pas oublier que les beaux-arts s'adressent toujours directement ou indirectement

[1] L'imagination du savant, de l'industriel, est surtout cet instinct d'innovation, de création, qui le pousse et le guide dans les sentiers encore inexplorés.

aux sentiments supérieurs de notre nature; lorsque l'art excite la terreur, la pitié, en étalant dans leur saisissante réalité les misères, les vices, les plaies de l'humanité, ou bien lorsqu'il met en saillie des types historiques résumant toutes les ignominies, tous les forfaits, c'est précisément pour provoquer la réaction des sentiments supérieurs de notre nature; la réalité, l'imitation matérielle, n'est ici qu'un moyen de l'art pour arriver plus sûrement à faire prévaloir ce qui devrait être. Exciter la terreur, la pitié, uniquement pour procurer au spectateur de violentes émotions, ou raviver (1) sa curiosité blasée c'est de l'art sans doute, mais ce n'est pas l'art du beau : c'est tout simplement l'art de l'imitation, l'art de la réalité. Le but de l'art ainsi compris n'est pas de manifester le beau, d'améliorer l'homme, de développer les sentiments supérieurs de sa nature en manifestant l'idéal. Le but de cet art est d'atteindre la perfection de l'imitation au point de tromper les sens.

D'ailleurs, l'art du beau a pour but la manifestation du beau au degré où l'a perçu l'artiste; manifestation du dedans au dehors; en s'attachant à l'imitation, à la réalité, l'artiste ne manifeste rien du *dedans au dehors,* il ne fait que reproduire matériellement, avec plus ou moins d'art, ce qui est hors de lui.

(1) Le spectacle des bagnes peut piquer la curiosité comme toutes les choses auxquelles on n'est pas habitué; mais cette curiosité satisfaite, il ne reste que le dégoût.

Sans idéal ([1]) il n'y a pas de progrès possible, dans les arts comme dans les sciences; réduit à la réalité, l'art, extrêmement borné, serait à peine suffisant pour distraire certains oisifs.

CHAPITRE VI.

Genres.

La forme est faite pour la pensée, et la forme variant suivant le genre, c'est la pensée qui au fond détermine le genre; on peut, il est vrai, dire des choses très-sérieuses en riant, et des choses légères, futiles, très-sérieusement. Néanmoins, les pensées sérieuses et élevées gagnent toujours à être présentées dans une forme en harmonie avec l'élévation de la pensée.

Les nuances de sentiment étant infinies, les genres permettent à l'artiste de manifester les sentiments humains dans tous les degrés de la passion ([2]).

([1]) L'idéal, pour le savant, consiste, à travers la réalité, à découvrir les lois, les rapports nécessaires, invariables des choses; pour l'industriel, l'idéal est d'utiliser ces lois de la manière la plus satisfaisante, c'est-à-dire d'atteindre la perfection.

Plus les sciences sont parfaites, plus elles se rapprochent de ce qui devrait être, de l'idéal : l'idéal, en morale, c'est l'Évangile; la réalité, c'est la manière de le comprendre et de le pratiquer de chacun.

([2]) Le mot *passion* a pour nous deux sens : pris dans le sens passif, le mot signifie souffrance, douleur morale; dans le sens actif, la passion, c'est le mouvement impétueux de l'âme (action du dedans au dehors);

L'art peut présenter les hommes et les choses par leur côté sérieux ou comique, ou bien ne s'attacher qu'à plaire, et montrer les hommes et les choses par leur côté gracieux, léger, la superficie des choses pour ainsi dire.

Ces trois genres embrassent toutes les nuances de sentiment, depuis le sourire jusqu'aux sentiments les plus élevés; mais quel que soit le genre, c'est toujours le beau que l'art se propose de manifester, directement ou indirectement. Le genre comique et le genre léger arrivent au beau à travers les ridicules et les grâces; le genre sérieux pénètre plus profondément dans le cœur humain, il s'attache à émouvoir, intéresser, passionner; la plainte et la douleur dominent dans ce genre; aussi est-ce pour ainsi dire à travers les larmes, que l'artiste entre en communication sérieuse avec les sentiments supérieurs de l'homme. C'est que dans l'humanité, la réalité est si souvent le contraire de ce qui devrait être, que dès que l'artiste de génie, cherchant plutôt à améliorer l'homme qu'à l'amuser, veut prendre l'art au sérieux, l'artiste est obligé de le faire pleurer, l'émouvoir, l'émeuter pour ainsi dire contre le mal, ou bien de le

pris dans ce dernier sens, si la passion est au service des sentiments supérieurs de l'homme, elle pousse l'homme aux grandes et belles choses, aux dévouements sublimes, etc.; mais si la passion est au service des instincts, de la vie des sens, la passion pousse l'homme à satisfaire ses instincts égoïstes, l'animalité. Ainsi, les passions sont nobles ou dégradantes, suivant qu'elles sont au service des sentiments ou de l'animalité.

faire rire en le lui montrant par son côté ridicule [1].

Les genres sérieux et comique exigent de l'artiste un talent profond d'observation : Molière et Corneille en sont des exemples. Pour plaire, distraire, amuser, il ne faut s'attacher, il est vrai, qu'à la superficie des choses; néanmoins, pour améliorer en amusant, il faut encore un grand talent d'observation. Il n'y a pas, en réalité, de petit genre pour l'artiste de génie; aussi, que l'artiste de génie exprime ses propres sentiments, sa vie interne, ses plaintes, ses douleurs ou ses joies, ou bien qu'il manifeste les sentiments extérieurs à lui dans le passé, le présent ou l'avenir, etc., etc., quel que soit le genre, c'est-à-dire l'aspect sous lequel il considère les choses, toujours est-il, que c'est le beau directement ou indirectement qu'il doit éveiller, développer en nous, dans le genre sérieux, comique, comme dans le genre gracieux : Corneille, Molière, La Fontaine, etc., ont compris ainsi l'art du beau, les genres n'étant pour ces grands artistes que des moyens différents pour arriver toujours à l'amélioration de l'homme.

La forme varie suivant le genre, et le genre et la forme doivent se mouler sur la pensée, être au service de la pensée. S'il y a désaccord entre le genre et

[1] Les sentiments gais semblent être le partage de ceux qui ne s'attachent qu'à la superficie des choses, la vie extérieure, ou bien du petit nombre de ceux qui conservent les illusions du jeune âge, la jeunesse du cœur; on dirait, en vérité, que les sentiments gais n'ont pas de racines profondes dans l'homme tel que le fait la société.

la pensée, ce n'est plus l'art du beau, c'est l'art du grotesque, le beau résultant de l'identité de la forme et du beau.

Soyez classique, romantique, il n'importe, tous les genres sont bons si l'artiste a un but, et si le genre n'est pour lui qu'un moyen d'atteindre plus aisément ce but, dans ce cas le genre n'étant qu'un moyen de faire valoir la pensée. Aussi ne faut-il pas confondre, comme on le fait généralement, le genre avec l'abus des genres : soyez classique dans la forme et dans le fond, c'est-à-dire que la forme soit à la hauteur des idées et des sentiments manifestés; mais si vous n'avez de classique que la forme, vous arriverez fatalement au genre ennuyeux; de même, soyez romantique, fantaisiste, pourvu que l'originalité, l'extravagance de la forme corresponde à l'originalité de la pensée; mais si l'extravagance de la forme ne couvre pas une pensée originale, l'artiste arrive nécessairement au grotesque.

Pour les grands artistes, les artistes de génie, il n'y a pas de petit genre, nous l'avons dit, car toujours pour eux le genre n'est qu'un moyen de faire valoir la pensée, tandis que les artistes qui manquent de génie font du genre léger, gracieux ou comique, un genre futile, et du genre classique, sérieux, un genre ennuyeux : c'est que les grands artistes élèvent les petits genres à leur hauteur, et les artistes médiocres abaissent nécessairement les genres, ou plutôt ils n'ont du genre que l'apparence.

CHAPITRE VII.

Unité de l'art.

L'art du beau se propose de manifester le beau avec l'attrait de la forme, et se divise, nous l'avons déjà dit, en trois branches principales correspondant aux trois manières de manifester la forme aux sens de la vue et de l'ouïe, et à l'intelligence : la plastique et les arts, qui manifestent la forme aux sens de la vue ; la musique ou plastique de l'ouïe, qui manifeste la forme à l'ouïe ; et l'art littéraire, qui manifeste la forme à l'intelligence.

C'est toujours le beau que l'art se propose d'incarner dans la forme qu'il emploie des mots, des couleurs, des sons, etc., ainsi que nous l'avons expliqué au Chap. II ; et l'éloquence, qui résume les diverses branches de l'art, va nous montrer ce but identique de l'art, en même temps qu'elle nous permettra de mettre en évidence la relation des diverses branches des beaux-arts :

L'orateur, tel qu'il devrait être, tel que la pensée peut se le représenter, se propose toujours de faire triompher le vrai, le bien, le beau, c'est-à-dire les grands principes de l'humanité secondant les desseins du Créateur ; aussi s'adresse-t-il à tout ce qui, dans l'homme, est en contact avec le vrai, le bien et le beau : la faculté de connaître, le sentiment et la conscience. Le discours s'adressant à ces trois ordres de vrai, fait rayonner le vrai dans l'intelligence de l'auditeur; il éclaire, émeut, passionne, intéresse, et en même temps flatte les sens et l'imagination par l'image et la musique des mots. Mais ce n'est pas tout, le discours sur le papier ne donne qu'une idée incomplète de l'orateur ; il faut entendre rugir le monstre, comme disait Eschine en parlant de Démosthène, son triomphant adversaire. Aussi, le geste, la voix, l'expression faciale, etc., doivent-ils se mouler sur le discours écrit, et n'être que l'expression vivante de ce discours.

Dans ces conditions, que la pensée peut fort bien se représenter, l'éloquence est l'expression la plus élevée de la puissance intellectuelle et morale de l'homme sur l'homme; car l'éloquence envahit l'intelligence tout entière de l'auditeur, et charme ses sens pour ainsi dire. Aussi, le type de l'orateur tel qu'il devrait être, résume l'art (1) et montre la relation intime de ses diverses branches :

Par la pensée, isolez en effet du discours la partie *vivante*, sensible à l'ouïe et à la vue, c'est-à-dire l'expression de la face, le geste de l'orateur, etc., et vous voyez surgir la plastique; isolez de même la durée, l'intonation, l'intensité, l'accent de la voix, etc., se rattachant à l'expression des diverses nuances de

(1) L'éloquence suppose un local convenable, ayant une forme qui permette de voir et d'entendre l'orateur de toutes les parties de la salle; local qui doit être, en outre, en harmonie avec le genre d'éloquence.

sentiment du discours, et vous verrez surgir le germe de la musique [1] ou plastique de l'ouïe.

Détachez du discours le vrai perçu par le sentiment, et vous avez la poésie de l'œuvre, le beau avec ses nuances infinies d'expression; détachez le vrai perçu par la faculté de connaître, et vous aurez la partie scientifique de l'œuvre, le vrai; détachez la partie qui s'adresse au sentiment et à la conscience, et vous aurez la partie morale du discours.

Quintilien a pourtant dit : *On naît poète et on devient orateur*. Le poète, qu'il fasse des vers, de la prose, de la musique, de la peinture, etc., est une nature essentiellement impressionnable; le poète est sensation, sentiment, il exhale autour de lui ses joies et ses douleurs; la harpe d'Éole symbolise la nature impressionnable du poète, sa sensibilité.

En dehors de la poésie destinée à glorifier le Créateur, la douleur domine en poésie; la douleur et la plainte doivent en effet dominer ici-bas, où ce qui est tient trop souvent la place de ce qui devrait être. Mais le genre humain a autre chose à faire qu'à exhaler sa joie ou ses douleurs dans l'air; il ne suffit malheusement pas d'éveiller dans les fils d'Adam la poésie, la plainte, pour combattre l'ignorance, l'orgueil et l'égoïsme, et marcher au progrès; il faut lutter et lutter

(1) La musique a deux origines, dépendantes de l'idiome; elle est pour ainsi dire la dilatation des formes mélodiques de l'idiome; indépendante de l'idiome, elle a sa source dans la danse. (Voir *Physiologie de la voix chantée*, pages 35 à 38.)

sans cesse dans la vie; aussi, l'orateur qui envahit, passionne l'intelligence, est-il poète par le sentiment; mais, en outre, il possède la science, et la manifeste avec ce mouvement de cœur qui fait jaillir la lumière dans l'intelligence, et produit l'émotion profonde, sympathique dans le cœur; et c'est pourquoi on naît poète et on devient orateur, ce qui veut dire, que les dispositions naturelles les plus satisfaisantes sont insuffisantes pour faire un orateur; qu'il faut, en outre, soumettre les organes aux exigences de l'art, et, par un travail de toute la vie, acquérir une vaste érudition, l'orateur ne devant être étranger à rien : c'est dans ce sens que doit être comprise la pensée de Quintilien.

TROISIÈME PARTIE.

SON MUSICAL.

VÉRIFICATION ET APPLICATION DES PRINCIPES DE L'ESTHÉTIQUE AU SON MUSICAL.

CHAPITRE I.

Éléments de la forme dans le son musical.

Nous allons vérifier les principes de l'Esthètique en commençant par le son musical lui-même.

La physique s'occupe des divers modes de production du son musical; par la roue dentée, les cordes pincées, les tiges, les tuyaux, les plaques, etc., etc., elle montre les rapports nécessaires entre le nombre de vibrations, etc., et l'acuité des sons, rapports nécessaires dérivant de la nature des choses, rapports de cause à effet. Nous nous occupons du son musical au point de vue de l'art, au point de vue des nécessités de la forme: relation, expression, idéal; en d'autres termes, au point de vue esthétique.

Nous avons défini le son, le mouvement (¹) perçu

(¹) Voir, *Théorie du métronome*, pages 9 et 10, la transformation du mouvement ordinaire en mouvement musical, puis en son musical.

par l'ouïe; bien que tout mouvement n'apporte pas un son à l'oreille, partout où il y a un son il y a un mouvement. Le son est musical, quel que soit le mode de production, dès que l'oreille peut suffisamment apprécier son degré d'acuité ou de gravité (1) pour le classer dans un système de sons; et par exemple, de même qu'une série de points très-rapprochés se transforment pour la vue en une ligne unique, de même aussi des chocs identiques très-rapprochés, et dans un degré de vitesse convenable, suffisent pour transformer le son ordinaire en son musical; à ce moment le son a une forme pour le sens de l'ouïe, puisque ce sens le distingue du son ordinaire.

Dans ce mode de production le plus simple, le plus rudimentaire, les chocs engendrent la forme pour l'ouïe, car ils convergent vers un but commun pour produire un son unique (2). Lorsque le son musical est produit par des cordes pincées, des tuyaux, des plaques, des tiges, etc., les vibrations des tiges, plaques, cordes, pinces, etc., peuvent être assimilées à des chocs; mais, de plus, la corde pincée a une forme qui n'est certes pas sans influence dans le phénomène; le son musical surgit ici à la fois des vibrations et de la forme de la corde; forme cylindrique

(1) L'ouïe perçoit dans le son musical, outre la qualité musicale, la durée, le timbre, l'intensité, la résonnance, la propagation et la réflexion. Ce sont là des qualités non pas de la matière, mais du mouvement.

(2) Une sensation unique. Cette sensation unique et nouvelle, qui résulte des sensations élémentaires qu'on ne peut plus distinguer les unes des autres, est un phénomène physiologique très-général.

une et variée, composée d'une infinité de petites courbes; forme que les chocs ou vibrations mettent pour ainsi dire en évidence pour l'ouïe. Nous n'avons pas la prétention d'expliquer le comment de la sensation, c'est un fait premier, par conséquent inexplicable; seulement, nous essayons d'expliquer le pourquoi de la sensation musicale dans les faits extérieurs accessibles au sens de la vue.

Si, du son musical des expériences de physique, nous passons au son musical employé par l'art, c'est-à-dire au son musical produit par des instruments de musique, l'importance de la forme apparaît avec plus d'évidence ; en effet, les instruments de musique se composent de deux parties bien distinctes : l'une où surgit le son, l'autre qui produit la résonnance : par exemple, pour le violon, la corde et le corps de l'instrument; et pour les instruments à vent, le bec, l'embouchure, ou l'anche, et le corps de l'instrument. Si la corde n'avait pas une forme, le son produit ne serait pas la résultante de la forme de la corde; et si la caisse du violon était informe et sans relation avec la corde, la résonnance, au lieu de se produire dans l'unité, se produirait avec confusion; le son serait musical peut-être, les chocs de la roue dentée suffisant bien pour permettre à l'ouïe d'apprécier le degré d'acuité ou de gravité du son, mais ce son ne serait pas satisfaisant (1).

(1) On a essayé plusieurs fois de fabriquer des violons carrés sans succès; le son est musical, mais la résonnance n'étant pas la résultante de

La même observation s'applique aux instruments à vent : si l'embouchure, le bec ou l'anche de l'instrument n'avaient pas une forme en relation avec le corps de l'instrument, le corps de l'instrument ne résonnerait assurément pas dans l'unité.

Cette relation entre le corps et l'âme de l'instrument, si j'ose ainsi parler, explique la différence qui existe entre le son musical produit avec art et le son musical des physiciens : outre sa qualité musicale (degré d'acuité ou de gravité), le son musical produit avec art, doit être la résultante de toutes les parties de l'instrument ; et ainsi, sur le violon, l'archet fait vibrer la corde, et le son musical surgit, qui, à son tour, fait vibrer, résonner dans l'unité toutes les parties de l'instrument ; à cette condition, le son de l'instrument est homogène, il a une forme attrayante pour l'ouïe, il est plein, pur et rond ; tandis que le son du même violon produit par le premier venu, est un mélange informe de bois et de corde, comme si l'instrument ne révélait ses qualités qu'à l'artiste qui s'est donné la peine de pénétrer ses secrets ; c'est qu'en effet, pour les profanes, le violon le plus parfait n'est qu'un morceau de bois plus ou moins sonore.

S'agit-il des instruments à vent, la condition est la même que pour les instruments à archets ; le premier

toutes les parties de l'instrument, comme cela a lieu lorsque l'instrument a une forme, le son musical produit *avec art* sur ces instruments est nécessairement inférieur.

venu, en soufflant comme un bœuf dans un instrument à vent, produit un son musical médiocre; l'artiste, qui a l'embouchure de l'instrument, obtient, au contraire, un beau son avec peu d'efforts; il utilise l'air contenu dans le corps de l'instrument, tandis que celui qui n'a pas l'embouchure, au lieu d'utiliser l'air de l'instrument, fait surgir le son avec violence, en rompant la relation de toutes les parties de l'instrument.

Dans le son produit avec art, il y a une mystérieuse relation entre l'embouchure et le tuyau de l'instrument; entre l'archet, la corde et le corps de l'instrument, qui échappe nécessairement aux investigations de la physique. L'artiste a le sentiment pratique de cette relation; pour lui, le mystère de la relation s'est révélé dès que la main qui tient l'archet et le doigt qui presse la corde n'ont eu qu'une même âme, une volonté unique. Ce sentiment secret des choses, cette mystérieuse relation, l'artiste ne pourrait l'expliquer, c'est inutile, mais il en a le sentiment; et le maître la communique à l'élève par le sentiment. Ceux qui jouent d'un instrument quelconque : violon, clarinette, cor, hautbois, violoncelle, etc., etc., savent par expérience, et pourraient, seuls, dire combien il faut de temps et de travail pour avoir l'embouchure d'un instrument à vent, ou pour produire sur un instrument à archet un son satisfaisant, en d'autres termes, pour produire le son musical avec art.

Jusqu'ici, et à dessein, nous n'avons pas parlé du

son musical produit par l'instrument vocal, afin d'éviter la confusion dans l'esprit de beaucoup de gens, qui ne saisissent pas facilement l'analogie qui existe entre le son musical produit par les instruments ordinaires et l'instrument vocal :

L'instrument vocal, le plus parfait des instruments, n'est pas dans une autre condition que les instruments d'orchestre, pour produire avec art le son musical dérivant de sa conformation; il a, comme ceux-ci, deux parties distinctes : l'une, où surgit le son; l'autre, qui produit la résonnance; seulement, le son de l'appareil vocal manifestant la vie est une *voix* (1); mais l'appareil ne manifeste la vie qu'alors qu'on sait respirer (2), c'est-à-dire, qu'alors que la double fonction de respiration et d'émission de voix est réduite à une fonction unique : aspiration d'air nécessaire à la vie et expiration de voix. Et comme l'appareil vocal, si bien conformé qu'il soit, ne fonctionne jamais *naturellement* dans ces conditions de respiration, du moins dans l'étendue dérivant de sa conformation, l'art consiste précisément à habituer l'organe à fonctionner dans ces conditions.

Si l'appareil vocal ne produit pas naturellement la

(1) La voyelle des idiomes met en évidence la consonne, tandis que la voix chantée manifeste la vie même, c'est une voix. (Voir, *Physiologie de la voix chantée*, pages 22 et 23, le rôle de H aspiré dans la voix chantée.) La voix est antérieure et supérieure aux idiomes.

(2) Marquer les endroits de la phrase musicale où il faut respirer, ce n'est pas apprendre à respirer, c'est apprendre à phraser.

voix dérivant de sa conformation, il est susceptible de produire *naturellement* une infinité de sons, puisque tout le monde parle; et en donnant à ces sons une intonation musicale, l'appareil produit un son hurlé, crié à quelque degré, à cause de la violence musculaire exercée sur l'organe pour le produire. Et comme on croit, et c'est l'opinion d'hommes éminents en musique, que l'appareil vocal produit naturellement la voix dérivant de sa conformation, l'art du chant se borne à masquer les défauts, émousser les hurlements, le cri; puis, par des exercices plus ou moins habilement dirigés, l'art homogénéise les registres, comme si l'instrument vocal avait des jeux de tuyaux comme l'orgue; et enfin, on habitue la voix aux difficultés inhérentes à l'idiome. De la sorte l'art intervient, non pas pour diriger, développer la nature, mais pour la remplacer par des sons artificiels; aussi les voix sont rares, non parce que les bons instruments manquent, mais parce qu'on est entraîné à les développer anormalement dès qu'on ne sait pas distinguer le son de la voix [1].

Les exercices de musique, les vocalises, etc., etc., sont assurément des choses excellentes par elles-

[1] L'auscultation de la voix au point de vue du beau, découverte par nous, consiste, au fond, à distinguer la voix du son, quelle que soit la puissance matérielle, l'étendue, etc., de l'instrument. Nous utilisons les capacités de l'ouïe à explorer les phénomènes intérieurs soumis à la volonté, tandis que l'auscultation découverte par Laënnec, utilise les capacités de l'ouïe à explorer les phénomènes intérieurs non soumis à la volonté.

mêmes. D'ailleurs, la voix étant destinée à exécuter la musique écrite, il faut bien apprendre à lire la musique et habituer la voix aux difficultés d'intonation, de durée, etc., etc., aux difficultés musicales : c'est un côté de l'art, ou plutôt une nécessité de l'art; mais l'autre côté de l'art [1], le plus important, le seul important, est de produire la voix dérivant de la conformation de l'appareil; car en dehors de cette voix, il n'y a pas *d'avenir* pour le chanteur, pas plus qu'il n'y a d'avenir pour l'instrumentiste qui n'a pas l'embouchure de son instrument.

CHAPITRE II.

Relation des sons résultant de la forme.

Les sons ont entre eux une relation mystérieuse, l'ouïe en a le sentiment; nous ne comprenons pas ce sentiment, c'est inutile; mais nous allons essayer d'en expliquer le pourquoi dans les faits extérieurs.

Une corde pincée, convenablement disposée, produit un son principal et d'autres sons dits harmoniques; les physiciens ont constaté que la corde se divise, et ils attribuent les harmoniques à des nœuds et des ventres. Sans prétendre infirmer le mérite de

(1) Voir, brochure *Unité de la voix chantée*, la distinction entre l'école de musique et de chant, et l'école de voix.

leurs observations, il me paraît plus simple d'attribuer la production des harmoniques à la forme de la corde, forme cylindrique composée d'une infinité de petites courbes, comme la ligne droite est composée d'une série de points très-rapprochés. En choquant l'air à droite et à gauche (vibration) du point de tension, la corde manifeste sa forme à l'ouïe, et le son produit est la résultante de tous les sons.

Quoi qu'il en soit, dans l'une et l'autre hypothèse, le son musical est toujours la résultante de tous les harmoniques produits ([1]).

Les physiciens ont constaté que les harmoniques distinctement produits dans le phénomène sont à l'octave, douzième, double octave et dix-septième du son principal, c'est-à-dire que dans le même temps ils font 1, 2, 3, 4 et 5 vibrations. Le son qui fait une vibration pendant que l'autre en fait deux est à l'intervalle d'octave; celui qui en fait deux contre trois est à l'intervalle de quinte; trois contre quatre, c'est l'intervalle de quarte; quatre contre cinq, l'intervalle de tierce majeure. L'intervalle, on le voit, c'est le rapport perçu par l'ouïe entre deux sons; ainsi, le mot rapport ici est synonyme du mot intervalle; en d'autres termes, le rapport perçu par l'ouïe se nomme *in-*

([1]) Même au Chapitre précédent, nous avons fait remarquer que le son musical produit par une corde pincée, est produit à la fois par les vibrations et la forme de la corde; d'où il résulterait que les deux hypothèses seraient également vraies : la mienne n'aurait que le mérite de la simplicité.

tervalle; de même nous avons dit le premier que le mouvement perçu par l'ouïe s'appelle *son*.

Ces harmoniques, dans les rapports les plus simples, se fondent dans une harmonieuse unité pour produire le son principal.

La simplicité des rapports plaît à l'ouïe; l'ouïe a le sentiment de cette simplicité et en éprouve une satisfaction, sentiment antérieur à la faculté de connaître, et que celle-ci ne fait que constater, en expliquer le pourquoi dans les faits extérieurs, d'une manière plus ou moins satisfaisante; et par exemple, ayant constaté que le son principal et les harmoniques sont dans les rapports les plus simples (identité dans la variété), la faculté de connaître en conclut que la relation des sons a nécessairement sa raison d'être dans les rapports du son principal avec les harmoniques, rapports dérivant de la forme une et variée de la corde.

Le musicien compositeur a le sentiment de la relation des sons (science secrète des choses) développé à un degré supérieur; mais, en outre, il a incarné en lui le sentiment de cette relation, et cette incarnation lui permet de manifester la forme en musique, soit qu'il emploie les sons successivement ou simultanément.

Le musicien exécutant a aussi le sentiment de la relation des sons développé à un degré supérieur, et spécialement le sentiment de la relation des sons de l'instrument dont il joue. Le musicien théoricien a le sentiment de la relation des sons en général développé à un degré supérieur, et spécialement le sentiment de la relation des sons du système de musique dont il explique la théorie [1].

A part ces trois classes de musiciens, il y a le simple amateur en musique, qui, en écoutant beaucoup de musique, a développé le sentiment de la relation des sons qui était en germe en lui ; et l'amateur qui, sans avoir une grande habitude de la musique, a néanmoins le sentiment de la relation des sons développé à quelque degré. Quant aux êtres, extrêmement rares, qui n'ont à aucun degré le sentiment de la relation des sons [2], ils sont évidemment dans un état d'infériorité matérielle ou morale ; car si l'organe matériel n'est pas imparfait, vicié, il faut nécessairement admettre qu'il ne communique pas avec l'œil intérieur ; il y a sensation matérielle, et voilà tout.

Le sentiment de la relation des sons, cette science innée des choses, que nous venons de constater dans

[1] Le musicien théoricien doit avoir incarné en lui le sentiment pratique de l'exécutant et du compositeur, nécessairement à un degré inférieur à ces deux artistes ; différemment, la faculté de connaître, absorbée par le sentiment musical, serait incapable d'analyser le sentiment. Aussi, quelle que soit l'intelligence du musicien théoricien, la première condition, condition indispensable, c'est que la faculté de connaître et le sentiment musical soient en équation.

[2] Il ne s'agit pas ici de musique d'opéra ou autre, et même d'un système de musique quelconque, mais de la relation des sons en général. Ainsi, pour un individu complètement insensible à la relation des sons, la mélodie la plus suave n'aurait pas plus d'attrait qu'une série de sons produits au hasard sur les touches d'un piano.

le musicien compositeur, l'exécutant, le théoricien, l'amateur et le simple auditeur, ayant sa raison d'être dans la simplicité des rapports, simplicité que la forme cylindrique de la corde met en évidence pour l'ouïe, il en résulte qu'en décomposant en rapports plus petits les rapports 1, 2, 3, 4, 5, dont nous avons parlé ci-dessus, nous aurons nécessairement la série des intervalles employés dans toute musique, à moins qu'on n'ait cherché à faire de la musique avec des sons sans relation [1]. (Voir, *Origine de la gamme*, p. 9, la série de ces intervalles, c'est-à-dire la gamme générale des intervalles de toute musique.)

Et comme la relation, partout où il y a forme, repose sur la simplicité des rapports, il est évident que les nombres qui marquent la relation des sons, marquent en même temps la relation la plus simple de la forme, qu'elle se manifeste au sens de la vue ou au sens de l'ouïe.

(1) Les sons sans relation n'ont pas de sens, ils sont inintelligents pour l'ouïe;

Les sons faux donnent à l'ouïe l'impression d'une fausse relation; et par exemple, le rapport 1 à 2 produit l'intervalle d'octave; changez notablement ce rapport, et l'un des deux sons sera faux et choquera l'oreille. Si le rapport n'est que légèrement altéré, le son sera trop haut ou trop bas; il ne sera pas juste, sans pourtant blesser trop vivement l'oreille.

CHAPITRE III.

Éléments de l'expression dans le son musical.

Pour analyser l'intention et conséquemment l'expression du son musical, nous allons commencer par l'instrument vocal.

Le son musical produit par l'instrument vocal est une voix, je l'ai dit précédemment, dès qu'on incarne la vie (respiration) dans le son. A ce moment la voix exprime, quoi? la vie, le sentiment de la vie pour l'ouïe. Pour changer cette expression en expression de joie, de douleur, colère, haine, etc., il n'y a qu'à modifier le timbre, l'accent de la voix ; et comme le sentiment est de sa nature un mouvement pour ou contre, en incarnant l'intelligence dans la voix, la voix devient expressive, c'est-à-dire qu'elle est susceptible de manifester les sentiments de l'homme à l'homme, sans le secours des idiomes, par sympathie.

La qualité sympathique ou antipathique de la voix dérive de la vie même de la voix. Dès que la voix ne contient pas la vie, c'est-à-dire dès que la vie n'est pas incarnée dans le son, la voix n'est ni sympathique ni antipathique à aucun degré; seulement, le son comme sensation peut être plus ou moins agréable, fatigant, agaçant, etc. Il ne faut donc pas, comme on le fait fréquemment, attribuer la qualité sympathique de la voix à des causes surnaturelles ; la voix sympathique à quelque degré manifeste un sentiment (la vie) ; la voix qui n'est sympathique ni antipathique à aucun degré, ne communique qu'une sensation plus ou moins agréable à l'ouïe.

Il est vrai qu'une infinité de causes étrangères à la voix peuvent influencer la sympathie [1]; ainsi, la jeunesse, la physionomie ne sont assurément pas sans influence; à ce propos, il est bon de faire remarquer que l'expression de la face est toujours en parfaite relation avec le sentiment exprimé par la voix, lorsque l'appareil vocal fonctionne normalement, c'est-à-dire lorsqu'il émet une voix et non un son.

L'expression de la voix, toutes choses égales d'ailleurs au point de vue des qualités matérielles de l'instrument, sera vulgaire ou distinguée, suivant que l'intelligence de l'individu sera vulgaire ou distinguée; c'est qu'en effet l'expression surgissant de l'incarnation de l'intelligence dans la voix, plus le chanteur aura d'intelligence et plus sa voix manifestera d'intelligence à l'ouïe.

Cette observation s'applique aux sons produits par les instruments d'orchestre, avec la différence dérivant de la nature des choses. Ainsi, le même instrument, sous la main d'artistes également habiles au point de vue du mécanisme, produira des sons plus ou moins distingués, plus ou moins expressifs, suivant le degré d'intelligence de l'artiste : cela se con-

[1] Et par exemple, la voix de l'enfant aimé est toujours sympathique à quelque degré pour le père et la mère.

çoit aisément, l'artiste communique son âme à l'instrument, par une mystérieuse incarnation; il anime l'instrument, comme Pygmalion sa statue, et conséquemment communique à l'instrument les qualités intellectuelles qu'il possède lui-même.

Si l'intelligence de l'artiste est élevée, il se fera un idéal du son musical supérieur; si son intelligence est vulgaire, son idéal du son musical ne s'élèvera guère au-dessus de la justesse du son. La justesse est la condition nécessaire, indispensable de tout son musical satisfaisant; mais l'intention et conséquemment l'expression est la condition de tout son musical intelligent; sans justesse il n'y a pas d'expression possible et conséquemment pas d'intention; mais la justesse peut fort bien se rencontrer sans être accompagnée de l'expression. Cette distinction explique la supériorité de la voix sur tous les instruments. Le son produit par les instruments de musique est en général plus régulier, plus satisfaisant matériellement que la voix; mais la voix est de sa nature expressive, elle exprime la vie; c'est la vie qui fait la supériorité de la voix sur tous les instruments créés par l'homme, si ingénieux qu'ils soient [1]. Aussi l'idéal du son des instruments, consiste tou-

[1] Les uns ont comparé l'instrument vocal aux instruments à cordes; d'autres, aux instruments à vent; Savart l'a même comparé à un appeau. Ces comparaisons ne sauraient être considérées que comme des moyens de faciliter les explications, car, au fond, l'instrument vocal, le plus parfait de tous les instruments, ne ressemble à aucun autre et les résume tous, en ce sens que tous l'imitent par quelque côté.

jours à se rapprocher le plus possible de l'expression de la voix; à ces conditions les sons des instruments sont sympathiques à divers degrés.

D'après ce qui précède, la puissance de la voix ou du son est matérielle et intellectuelle; le volume, l'intensité, l'étendue, etc., manifestent la puissance matérielle de la voix; l'expression manifeste sa puissance intellectuelle dérivant de la sympathie; la puissance matérielle s'adresse à la sensation, qui est nécessairement bornée; tandis que la puissance qui repose sur la sympathie est infinie.

Nous avons dit, Chap. I, que l'ouïe distingue dans le son musical : l'intonation, la durée, l'intensité, le timbre, la résonnance, la propagation et la réflexion; et nous ajoutons ici, que l'ouïe distingue en outre, la vie, la puissance, l'expression de la voix.

CHAPITRE IV.

Idéal et réalité dans le son musical.

La réalité, c'est le vrai considéré dans ce qui est, et l'idéal c'est le vrai considéré dans ce qui devrait être, avons-nous dit IIe Partie, Chap. V. Cette distinction entre l'idéal et la réalité est facile à saisir dans le son musical; la réalité ou ce qui est, c'est le son musical produit par le premier venu en passant l'archet sur le violon; ou s'il s'agit de l'instrument vocal, la réalité, c'est la voix parlée à laquelle on donne une intonation musicale; l'idéal apparaît dès que la voix ou les sons des instruments de musique sont produits avec art.

L'idéal, c'est la voix ou le son musical qui a une âme, qui manifeste un sentiment.

L'idéal et la réalité dérivent de la double nature de l'homme; l'idéal correspond aux sentiments supérieurs de la nature; la réalité correspond à la nature vulgaire inférieure, et c'est pourquoi l'art est nécessaire pour faire produire à l'appareil vocal la voix manifestant sa nature supérieure, tant la réalité envahit l'homme de toute part. Supposez, au contraire, par la pensée, une société où les sentiments règnent exclusivement, et l'appareil vocal produira *naturellement* l'idéal de la voix, la voix correspondant aux sentiments, la voix ayant une âme. Chacun, du reste, dans ses relations de tous les jours, peut constater la distinction que nous venons de signaler. A-t-on à exprimer des sentiments bienveillants? Ne cherche-t-on pas à modifier le timbre, l'accent de la voix parlée? Veut-on, au contraire, exprimer la colère, l'indignation, etc.? Ne cherche-t-on pas à incarner ces sentiments dans le timbre de la voix? Seulement, à mesure que la voix se produit avec quelque développement, les difficultés apparaissent, et c'est pourquoi l'art est indispensable pour faire fonctionner l'appareil dans les conditions dérivant de sa nature.

Dans la conversation usuelle, pour que la voix

parlée ne gêne pas la fonction respiratoire, il suffit de respirer à propos; mais lorsqu'il s'agit d'exprimer des sentiments en déployant toute la puissance de l'appareil, il ne suffit plus de renouveler l'air des poumons, il faut en outre incarner la voix dans l'air à expirer, le même appareil étant chargé de la double fonction de respiration et d'émission de voix; différemment, on hurle, on crie nécessairement.

Néanmoins, l'art ne doit intervenir que pour permettre à l'appareil vocal de se produire dans le développement dérivant de sa nature; et, conséquemment, l'art du maître consiste d'abord, à se rendre compte des nécessités dérivant de la nature des choses, et à n'exiger de l'appareil que le développement dérivant de sa conformation matérielle, l'art du maître n'étant autre chose que la science secrète des choses.

Mais si le maître ne possède pas la science secrète, s'il ne sait pas distinguer dans autrui le son d'avec la voix, il sera entraîné à employer son art, son habileté personnelle, à développer l'instrument vocal avec artifice, et nécessairement contre nature; car il n'y a qu'une seule manière de faire fonctionner l'appareil vocal; il n'y a qu'une voix qui soit la vraie pour tous, que l'instrument soit bon ou mauvais, tandis qu'il y en a mille qui s'en rapprochent plus ou moins; et par exemple, un signe certain de défectuosité de la méthode, est de s'attacher, comme quelques professeurs en vogue, à augmenter en peu de jours le volume de la voix ; c'est là, évidemment, méconnaître la nature des choses : le volume de la voix doit augmenter à mesure que la double fonction de l'appareil, réduite à une fonction (aspiration de l'air nécessaire à la vie et expiration de voix), est plus parfaite. Or, cette perfection ne se réalise pas dans quelques jours; c'est une œuvre longue et laborieuse pour tous, quelque bien conformé que soit l'appareil. Dans quelques jours on augmente ou on peut augmenter, par des artifices de prononciation, le volume du son produit par l'instrument vocal, mais non le volume normal de la voix (1).

Ainsi, l'art faux méconnaît la nature des choses et la remplace par l'artifice; aussi, croit-on généralement que le mot *art* et le mot *nature* expriment des choses pour ainsi dire contraires; tandis qu'au fond, l'art se propose toujours de manifester, développer la nature, mais par son beau côté, c'est-à-dire l'idéal. Conséquemment, l'art sérieux implique l'instinct secret de la nature des choses, et repose nécessairement sur la nature des choses, et non sur l'artifice.

Dans ce qui précède, je ne me suis occupé que de l'instrument vocal; j'ai laissé de côté les instruments d'orchestre, parce que le reproche que j'adresse aux professeurs de chant ne saurait atteindre les profes-

(1) C'est la voix qui doit manifester l'idiome à l'ouïe, le présenter par son beau côté, la vie; tandis que les artifices de la prononciation tendent, au contraire, à transformer la voix en son.

seurs de violon, haut-bois, etc. L'art de ceux-ci repose sur la nature des choses, puisqu'ils apprennent aux élèves à produire les sons de l'instrument, *bon* ou *mauvais*, d'après les mêmes principes basés sur la nature des choses, principes qu'ils ont étudiés et qui ont fait école. Mais, dira-t-on, les professeurs de chant apprennent aussi à leurs élèves à produire la voix d'après les principes qu'ils supposent basés sur la nature des choses? Oui, sans doute, mais on oublie que les professeurs sont dominés par un préjugé, qui nécessairement paralyse leur habileté personnelle : ils supposent, comme tout le monde, que l'appareil vocal produit naturellement la *voix* dérivant de sa conformation, tandis qu'en réalité l'appareil vocal ne produit naturellement que le *son* dérivant de sa conformation. Dans ces conditions, les exercices de solfége, vocalise, etc., ne servent évidemment qu'à développer ce qui *est*, à masquer les défauts, au lieu de développer ce qui *devrait être*.

CHAPITRE IV.

Relation de l'acoustique musicale avec la gamme d'un système de musique.

Avant qu'il y eût des systèmes de musique et des musiciens, la relation des sons existait, relation antérieure et supérieure à tous les systèmes, car elle dérive des nécessités de la forme. Tous les systèmes de musique anciens ou modernes, la musique des peuples sauvages comme des peuples civilisés, ne sauraient être que des applications plus ou moins satisfaisantes du sentiment de la relation, développé à divers degrés chez chaque individu, et à un degré supérieur dans certaines natures d'élite. Aussi, tous les systèmes de musique reposent sur l'acoustique musicale, science nouvelle, dont nous avons posé les bases dans notre brochure sur l'*Origine de la gamme*, science qui s'occupe spécialement du son musical au point exclusif de l'art, c'est-à-dire au point de vue des nécessités de la forme : la relation. L'acoustique musicale, branche (1) de l'acoustique, établit ainsi la communication entre la science et l'art musical.

(1) L'acoustique, ou science du son, s'occupe du son en général au point de vue de l'utile, etc., et du son musical au point de vue des rapports nécessaires entre le nombre de vibrations, etc., et la sensation, aiguë ou grave du son, perçue par l'ouïe; rapports de cause à effet.

L'acoustique musicale prend le son musical à son tour pour l'envisager à un degré supérieur, je veux dire au point de vue de la relation des sons entre eux, relation perçue par l'ouïe : c'est le *sentiment de la relation*.

(Dans le premier cas, le rôle de la faculté de connaître se borne à montrer le pourquoi de la sensation aiguë ou grave du son musical dans les faits extérieurs. En acoustique musicale, la faculté de connaître constate d'abord le sentiment de la relation perçu par l'ouïe; en attribue, à notre point de vue, le pourquoi à la simplicité des rapports des sons entre eux, et ensuite montre cette simplicité de rapports dans les faits extérieurs.)

Supprimez l'acoustique musicale, et l'acoustique des traités de Physique

Chaque système a ses éléments réunis dans une gamme, qui sert d'exercice, d'introduction, à ceux qui veulent s'initier au système. Les musiciens ont le sentiment de cette gamme; ils la pratiquent et la font pratiquer aux élèves. Et lorsque le savant veut expliquer la gamme d'un système, en montrer la raison dans la nature des choses, il est rigoureusement indispensable qu'il ait d'abord le sentiment pratique de la tonalité du système (c'est-à-dire le sentiment des intervalles employés dans le système, le mode ou manière de les employer); et ensuite, qu'il ait le sentiment de la relation des sons, dont nous avons parlé au Chap. II, antérieure et supérieure à tous les systèmes.

Et comme les intervalles de tous les systèmes de musique, à moins qu'on n'ait cherché à faire de la musique avec des sons sans relation, sont nécessairement dans l'acoustique musicale, qui s'occupe du son au point de vue de la relation, il en résulte qu'en rangeant les intervalles du système (pris dans la gamme générale des intervalles dont nous avons parlé au Chap. II) par ordre d'acuité, d'après la manière de les employer dans le système, c'est-à-dire d'après le ton et le mode du système, on construit la gamme

n'a pas de contact avec l'art musical, qui repose sur la relation des sons. Il est vrai que les traités de Physique contiennent une théorie physico-musicale; mais cette théorie est nécessairement empirique, n'ayant pas ses racines dans la relation des sons, antérieure et supérieure aux systèmes de musique.

du système (1) et en même temps on fait la théorie du système, la gamme étant le résumé, la synthèse du système.

A ces conditions, la gamme contient les principes de la mélodie et de l'harmonie, l'harmonie n'étant que ces mêmes intervalles présentés par groupes appelés *accords*. J'allais ajouter, pour résumer ma pensée, que la gamme est l'alphabet de la musique; mais la comparaison ne serait pas exacte : les alphabets des idiomes contiennent les lettres qui servent à construire les mots, tandis que la gamme contient les lettres de la musique et la manière de s'en servir. La gamme résume, condense la théorie du système, et doit conséquemment expliquer le pourquoi de tout ce qui se pratique dans le système.

Faute d'avoir compris la relation intime de la gamme et du système de musique, les physiciens ont reproduit de confiance la gamme des anciens Traités de Physique, sans s'apercevoir de la révolution com-

(1) Le ton se compose des notes et des accords du ton; c'est pour ainsi dire une famille de sons ayant des relations déterminées; et, par exemple, dans le système moderne, la relation ayant été comprise dans l'unité, puisque tous les sons convergent autour d'un son appelé *tonique*, nous avons rangé les intervalles du système autour d'un son x pris pour tonique, et dressé la gamme moderne majeure et mineure. (Voir, *Origine de la gamme*, pages 11 et 19.)

Dans le système du plain-chant, la relation des sons ayant été comprise dans la dualité, tous les sons convergeant autour de deux sons (tonique et dominante), nous avons rangé les quatre intervalles composant la gamme d'où sont sorties les huit gammes du plain-chant, d'après cette dualité. (*Origine de la gamme*, page 13.)

mencée par Claude Monteverde, qui a abouti au système moderne. La gamme de ces Traités n'est nullement la gamme du système moderne [1], elle n'a pas d'intervalle de demi-ton [2]; elle ne tient compte ni de l'unité du système moderne, ni du mode, ni de l'harmonie. Cette gamme, introduite d'une manière empirique dans les Traités de Physique, est sans nul doute celle d'où sont sorties les huit gammes du plain-chant, conséquemment elle n'exige pas de tempérament.

Généralement, on ne voit dans la gamme qu'une série de sons propre à familiariser les élèves aux difficultés d'intonation, et on est bien loin de se douter que la gamme résume, condense le système [3]; aussi, lorsque le savant veut *connaître*, expliquer la gamme, et ne pas se contenter du sentiment pratique, est-il obligé de creuser à une profondeur qu'il est difficile d'atteindre; car non-seulement il doit avoir, nous l'avons déjà dit, le sentiment de la tonalité du sys-

(1) J'ai signalé le fait, en décembre 1849, à l'Académie des Sciences; l'Académie a bien nommé deux de ses membres pour examiner mon Mémoire, mais le Rapport est encore à faire.

(2) L'intervalle *mi-fa* résulte du contact de la tierce (ut-mi) et de la quarte (ut-fa). Le *si*, dans cette gamme, provient de la tierce majeure *sol-si* (voir : *Origine de la gamme*, p. 13); tandis que dans la gamme moderne, la septième note *si* est l'intervalle de demi-ton (rapport de 16 à 17, *Origine de la gamme*, page 11).

(3) Et ici je ne vois aucune exception parmi tous ceux qui ont parlé de la gamme; et pour ne citer qu'un nom des plus illustres, Euler (*Lettres à une princesse d'Allemagne*), qui a dit d'excellentes choses sur la gamme, était assurément bien loin de s'en douter.

tème dont il veut expliquer la gamme, mais encore échouera-t-il infailliblement dans ses explications, s'il n'a pas la force de s'élever à la loi de relation, dont nous avons parlé au Chap. II, antérieure et supérieure à tous les systèmes de musique.

Nous disons plus loin, Ve Partie, Chap. I, que le bon emploi de la faculté de connaître consiste à observer ce dont l'intelligence a le sentiment, à ne pas se mettre à sa place; et partout où le sentiment apparaît, la justesse de notre remarque se vérifie. Il ne s'agit ici que d'une simple gamme produite par le sentiment de l'artiste; et pour expliquer rationnellement cette petite chose trouvée spontanément par l'homme, il faut absolument s'assimiler la tonalité du système. Différemment, la faculté de connaître n'explique pas la gamme du système; elle explique simplement l'idée qu'elle se fait de la gamme, sans s'inquiéter si l'explication est ou non en désaccord avec le système. Tant pis pour le système, c'est à lui à s'accorder avec l'explication. L'explication est logique, rationnelle; elle repose d'ailleurs sur des chiffres.

On oublie que c'est le sentiment des artistes qui successivement a créé l'art. Le sentiment de l'art, c'est le génie, la science secrète des choses. C'est donc ce sentiment que la faculté de connaître doit observer, analyser, pour expliquer l'art. Différemment, l'explication ressemble au civet sans lièvre.

QUATRIÈME PARTIE.

MUSIQUE.

VÉRIFICATION ET APPLICATION DES PRINCIPES DE L'ESTHÉTIQUE A LA MUSIQUE.

CHAPITRE I.

De la forme en musique.

Pour composer la musique, il n'y a qu'une chose extrêmement simple à faire, c'est d'employer les sons de la gamme avec le sentiment de leur relation; absolument comme pour faire de la peinture, il n'y a qu'à employer les couleurs, les lignes, avec le sentiment de leur relation; comme dans l'art littéraire, il n'y a qu'à employer les mots du dictionnaire avec le sentiment de leur relation. Ce sentiment de la relation (science, influence secrète des choses) est partout et toujours la condition de la forme (¹). Avec cet instinct secret des choses, si l'artiste a de l'imagination, il créera en musique des types de rhythmes et de dessins propres à manifester ses sentiments et ses

(¹) Celui qui a le sentiment de la relation dans une des branches des beaux-arts, doit, par analogie, comprendre la nécessité de la relation dans les autres branches pour manifester la forme.

idées; mais s'il n'a ni idées ni sentiments, un but enfin, l'imagination et le sentiment pratique de la forme, seront insuffisants pour faire de lui un génie créateur.

La relation des sons, au point de vue de la durée, engendre le *rhythme.*— La relation des sons, au point de vue de l'intonation, engendre le *dessin.* — Le rhythme et le dessin constituent la mélodie de forme moderne. — La relation des tons (¹) engendre la modulation.

La phrase musicale a une forme, car elle a commencement, milieu et fin, que la relation des sons permet à l'ouïe de suivre, la phrase musicale n'étant que la manifestation de cette relation dans les huit mesures de la phrase.

Si au lieu de faire entendre la relation successivement (mélodie), on produit les sons simultanément

(¹) Il n'y a, dans le système moderne, qu'un ton, une gamme majeure et mineure; mais comme on peut prendre pour point de départ un son quelconque, un ton quelconque, la relation de ces points de départ engendre la modulation.

Quel que soit le point de départ, la relation des notes du ton (tonique, sus-tonique, médiante, sous-dominante, dominante, sus-dominante et sensible) est identique; mais comme en changeant de ton, *la même note* est entendue avec une relation, une fonction différente, il en résulte qu'avec la même gamme et au moyen de la modulation, on a, en réalité, autant de tons que de points de départ différents.

L'illustre Galin, inventeur du méloplaste, partant de ce fait qu'il n'y a qu'une gamme, s'est attaché, dans son système de notation, à donner à l'élève le sentiment de la relation de cette gamme, en partant d'un son quelconque pris pour tonique:

(harmonie), c'est toujours la même relation; seulement, au lieu d'une relation, l'ouïe en perçoit plusieurs en même temps; et comme le premier cas est le plus simple à saisir pour tout le monde, en parlant de la forme nous ne nous occuperons que de celui-là, c'est-à-dire de la mélodie.

La forme de la musique dépend, cela se devine aisément, de la manière dont on a compris la relation; la gamme du système, nous l'avons dit à la IIIe Partie, Chap. V, contient la tonalité du système, la gamme n'apparaissant qu'alors que le système est établi. A l'époque où florissait le système correspondant à la gamme des traités de physique, la relation n'était pas comprise dans l'unité; conséquemment, le rhythme, le dessin, la modulation, n'avaient pas les allures franches de la forme moderne. Tout se tient en musique, et le moindre changement dans la tonalité du système, c'est-à-dire dans les intervalles ou la manière de les employer, révolutionne profondément le système : ainsi, l'introduction des accords dissonants (1),

(1) La relation des sons, avons-nous dit, IIIe Partie, Chap. II, a sa raison d'être dans la simplicité des rapports. Dès que les rapports entre deux ou plusieurs sons cessent d'être les plus simples, il y a dissonance, c'est-à-dire que l'oreille sent plus vivement la nécessité de revenir à la simplicité; aussi les accords dissonants se résolvent sur les accords consonnants, et les font plus vivement désirer. Les accords consonnants et les accords dissonants se complètent; seulement, dans l'enfance de l'art moderne, on préparait la dissonance, afin, croyait-on, d'en amoindrir l'effet désagréable pour l'oreille.

Le mot *dissonance*, dans l'acception usuelle, est pris comme synonyme

brutalement, sans proportion, rendant plus évidentes pour l'ouïe les attractions des sons, a entraîné nécessairement avec le temps les musiciens à pratiquer la relation, non plus note à note, point contre point, mais dans l'unité. A mesure que la pratique a compris la relation des sons dans l'unité, la septième note du ton s'est rapprochée de la tonique, afin de faire sentir, de rendre l'unité des sons plus sensible; et, en fin de compte, la pratique a introduit instinctivement un nouvel intervalle dans le système, l'intervalle de sensible à la tonique (rapport de 16 à 17. Voir, *Origine de la Gamme,* pages 11 et 12).

Ce petit intervalle modifiant la relation des sons au point de vue de l'intonation, a préparé insensiblement une révolution analogue dans le rhythme et la modulation. Le rhythme, au lieu de marcher à pas comptés, a mouvementé, passionné le dessin; et la modulation, au lieu de passer timidement d'un ton à l'autre (modulation diatonique), a pris des allures plus décidées; elle a étendu son cadre par des modu-

de faux, désagréable; on l'aperçoit, il n'en est pas ainsi en musique; la dissonance fait simplement désirer la consonnance; et, par exemple, la sensible septième note du ton appelle et fait désirer l'*ut*.

L'accord faux n'est ni consonnant ni dissonant, il est faux.

Puisqu'il est question de consonnance et de dissonance, je crois utile de noter en passant, pour les personnes qui ne sont pas musiciennes, que l'octave n'est pas une consonnance, comme le disent quelques physiciens et acousticiens en s'occupant des rapports plus ou moins simples des sons; l'octave n'est qu'une répétition, un redoublement de la même note. L'unisson n'est pas un redoublement, c'est la même note.

lations chromatiques et enharmoniques; et ainsi l'introduction d'un petit intervalle de demi-ton a été le point de départ de l'évolution, qui a abouti au système moderne.

Par suite, la relation du système étant comprise dans l'unité, le drame lyrique a surgi, manifestant les sentiments et les passions humaines; tandis qu'auparavant et sans unité, la forme en musique était nécessairement insuffisante pour exprimer les passions humaines dans leur infinie variété. C'est que la musique n'est pas, comme quelques-uns l'ont définie, l'art de combiner les sons d'une manière plus ou moins agréable pour l'oreille; le but sérieux de l'art est de manifester les sentiments de l'homme à l'homme au moyen de la relation des sons; pour s'en convaincre, il n'y a qu'à se rendre compte de la double influence de la musique sur l'homme :

La musique manifestant le mouvement à l'ouïe, s'adresse à tout ce qui dans l'homme est susceptible de mouvement, le cœur et les mouvements volontaires [1]; si le rhythme domine, comme dans les airs de danse, les marches, les pas redoublés, etc., etc., la musique s'adresse pour ainsi dire aux mouvements matériels; si, au contraire, c'est le dessin qui domine, comme dans les mélodies dites *expressives*, c'est aux

(1) Évidemment son influence s'exerce aussi, mais indirectement, sur les mouvements involontaires qui entretiennent la vie et président à l'organisation. Jusqu'ici on ne s'en est pas sérieusement occupé; et pourtant le sujet ne manque ni d'importance ni d'utilité pour l'humanité.

mouvements immatériels, au cœur, qu'elle parle.

D'après cette double influence de la musique, il est évident que l'art n'a atteint son développement qu'alors que la forme repose sur l'unité. Alors seulement, le rhythme, le dessin, la modulation, sont dans les conditions voulues pour manifester, sous la forme du beau, les sentiments humains dans leur infinie variété et avec toutes les nuances de la passion; auparavant, la musique n'était guère propre à manifester ces sentiments qu'avec le secours des idiomes. Aussi, à l'origine, la musique n'a dû être que la dilatation pour ainsi dire des idiomes (¹), comme la musique instrumentale a dû son origine aux nécessités de la danse; car de tout temps, pour exprimer les sentiments qui débordaient en lui, l'homme a dansé, chanté le vin, les dieux, etc., etc., accompagné par des flûtes de Pan ou d'autres instruments grossiers; et instinctivement il a employé les sons ou la voix avec une certaine relation.

Quoi qu'il en soit, envisageant la forme en musique au point de vue le plus général, nous dirons que plus la relation des sons d'un système de musique se rapproche de l'unité, et plus aussi la forme est parfaite. A ce point de vue, tous les systèmes de musique plus ou moins anciens, ainsi que la musique des peuples plus ou moins civilisés du globe, perfection-

(1) Voir, *Physiologie de la voix*, pages 35 à 38, la double origine de la musique.

nent leur forme à mesure qu'ils comprennent la relation des sons dans l'unité...

Les anciens avaient de la musique une idée immense; pour eux, la musiquce embrassait les astres, les mondes de l'espace et toutes choses qui manifestent l'ordre, l'harmonie; les modernes pêchent par excès contraire: pour ceux-ci, le mot *musique* ne s'applique qu'à la musique qui se note avec des signes spéciaux et qui a des instruments. La musique doit être plus largement comprise : la musique est la plastique de l'ouïe, elle embrasse conséquemment toute relation perçue par l'ouïe; ainsi définie, la musique comprend la musique qui se note avec des signes spéciaux, et celle qui n'a pas de signes spéciaux (déclamation); elle embrasse tous les systèmes de musique, les plus rudimentaires comme les plus perfectionnés, à moins d'admettre qu'on ait cherché à faire de la musique avec des sons sans relation, ce qui impliquerait l'absurde.

CHAPITRE II.

De l'expression en musique.

La phrase musicale construite d'après les règles de l'art exprime quoi? La forme, l'intelligence de la forme, forme qui flatte plus ou moins agréablement le sens de l'ouïe, simplement parce qu'elle manifeste l'ordre, l'harmonie, ou plutôt la relation pour l'ouïe.

Le compositeur veut-il changer cette expression en expression de joie, douleur et colère, etc., etc.? Il n'a qu'à incarner son intelligence dans la forme, c'est-à-dire donner au rhythme et au dessin de la phrase, l'allure propre à l'expression de ces sentiments; et même pour représenter le chaos de l'expression, les rhythmes et les dessins, au lieu d'être en relation, paraîtront être en opposition, et le désordre sera ainsi l'effet merveilleux de l'art.

L'expression du son musical, avons-nous dit déjà, c'est le mouvement, la vie, l'intention; l'expression de la phrase musicale, c'est aussi, on l'aperçoit, le mouvement, la vie, l'intention, incarnés dans la phrase musicale. Avec de l'intelligence et de l'imagination, le compositeur crée des rhythmes et des dessins propres à manifester la forme à l'ouïe; et comme le sentiment est de sa nature un mouvement, en incarnant l'intention dans la phrase, il parvient avec plus ou moins de bonheur à l'expression des sentiments; et c'est pourquoi le génie du compositeur est dans l'intention, la création; sans création, il n'y a pas, surtout en musique, d'œuvre de génie; il n'y a que de l'art, du métier.

Aussi, dès que vous constatez dans la phrase musicale l'originalité des rhythmes et des dessins; dès que vous percevez des effets nouveaux, des modulations inattendus, c'est que l'œuvre est de main de maître; mais ayant l'habitude de la musique, si l'œuvre, petite ou grande, ne révèle rien que ce que vous trouvez dans toute musique, c'est-à-dire des combinaisons de sons plus ou moins harmonieuses, soyez certain que le génie n'est pas passé par là.

Quel rapport le beau essentiel dont nous avons parlé IIe Partie, Chap. II, a-t-il avec le beau en musique ? Au premier abord, il paraît difficile de reconnaître le beau essentiel et divin dans une phrase musicale ; et pourtant, si on réfléchit que la musique a une influence, nous l'avons vu au chapitre précédent, sur tout ce qui est susceptible de mouvement chez l'homme : le cœur et les mouvements volontaires, il est évident que si le compositeur, qui a ou doit toujours avoir une intention, a incarné l'expression, c'est-à-dire l'intention dans la phrase musicale, son intention s'adressera à ce qui en nous est susceptible de mouvement; et suivant que son expression sera supérieure ou vulgaire, elle éveillera en nous la partie supérieure ou vulgaire de notre nature, et arrivera ainsi plus ou moins directement au beau essentiel qui est en nous. Si l'intelligence du compositeur est élevée, l'expression de l'œuvre sera élevée et s'adressera au beau essentiel et divin; si son intelligence est vulgaire, l'expression sera vulgaire et s'adressera plutôt aux mouvements volontaires.

La puissance d'expression de la musique est infinie et dépend de l'intelligence du compositeur; avec de l'intelligence et de l'imagination, le compositeur trouvera toujours bien le moyen d'exprimer, directement ou indirectement, les nuances de ses sentiments, ses intentions les plus délicates; puisque le sentiment, nous l'avons déjà dit, considéré dans sa manifestation du dedans au dehors, est un mouvement; mais s'il n'a pas l'intelligence largement développée, s'il manque d'imagination, si enfin il n'a pas d'intention, il est clair que la puissance de la musique sera nécessairement fort limitée.

Lorsque la musique est accompagnée de la parole qui éclaire l'intelligence, et précise, pour ainsi parler, le sentiment, la phrase musicale peut être considérée comme la dilatation de la parole; le rôle de la musique se borne, pour ainsi dire, à produire la parole sous une forme digne des sentiments exprimés par les paroles; mais lorsque la musique est sans paroles, sa puissance d'expression est universelle, et s'adresse au Russe, à l'Anglais, à l'Allemand, etc., etc. Le rhythme et le dessin exprimant la douleur ou la joie, toutes les douleurs ou toutes les joies y trouveront quelque chose, parce que les éléments de l'art sont universels; ce n'est pas avec des mots convenus d'avance que la musique manifeste la forme, c'est avec les éléments les plus universels, c'est-à-dire le mouvement perçu par l'ouïe et la relation (son musical et relation).

La musique bien faite porte avec elle son expression; conséquemment l'expression du musicien exécutant doit se mouler sur l'expression de la musique écrite. Il est évident que si le musicien exécutant est supérieur par l'intelligence au musicien compositeur, l'expression sera supérieure à la musique écrite; et réciproquement, si l'exécutant est inférieur par l'intelligence, l'expression sera au-dessous de l'œuvre; et c'est pourquoi, à mesure qu'il interprête les maîtres de l'art, l'exécutant est obligé de prendre l'art au sérieux, afin d'être constamment à la hauteur de la musique qu'il exécute; tandis que, pour l'exécution de la musique qui n'a de musique que la forme, l'instrumentiste n'a rigoureusement qu'à s'occuper des difficultés matérielles de l'exécution (durées et intonations des sons); une machine, au besoin, suffirait pour l'exécution de cette musique.

Cette nécessité de l'art, qui exige le concours de deux artistes pour composer et exécuter l'œuvre, nous amène à faire remarquer que l'expression de l'exécutant ne consiste pas seulement à exécuter la phrase musicale avec les nuances d'intensité écrites, mais à l'exécuter avec l'accent, le timbre, les intentions voulues, l'expression de l'œuvre n'apparaissant qu'à cette condition; et c'est pourquoi l'exécutant doit produire la phrase musicale avec des sons intelligents ayant âme, vie, intention; en d'autres termes, l'exécutant est obligé d'incarner son intelligence dans l'instrument, afin d'exécuter la phrase musicale avec le timbre, l'accent propre au sentiment à exprimer; les nuances d'intensité font, sans nul doute, partie de l'expression; mais c'est la partie vulgaire, matérielle de l'expression. L'expression réelle, et partant, le style, dépendent du timbre et de la manière d'accentuer, ponctuer la phrase (1), plutôt que des nuances de *forte* et de *piano*, à moins que les nuances de *forte* et de *piano* ne constituent le seul genre d'expression, de style, de l'œuvre écrite.

CHAPITRE III.

De l'idéal et de la réalité en musique.

L'idéal, avons-nous dit ailleurs, est le vrai considéré dans ce qui devrait être ; et la réalité, le vrai considéré dans ce qui est. L'idéal et la réalité dérivent de la double nature de l'homme, et se retrouvent, du reste, partout dans les œuvres de l'homme.

L'imitation matérielle, avons-nous dit IIe Partie, Chap. V, n'est pas le but des beaux-arts ; c'est surtout en musique que l'évidence de cette proposition apparaît aux yeux de tous. Si, en effet, la réalité était le but de l'art, la musique devrait se borner à imiter avec soin les divers bruits de la vie réelle, et le rôle de compositeur se bornerait de la sorte à savoir écouter et reproduire matériellement ces bruits avec des instruments appropriés à ce point de vue de l'art. Dans ces conditions, que l'esprit peut se représenter,

(1) C'est-à-dire d'attaquer, piquer, couler etc., accentuer les sons ; à ces conditions, les sons ont une intention.

l'art musical pourrait bien servir à amuser des enfants; mais ce ne serait assurément pas l'art du beau; ce serait l'art de la réalité, de l'imitation.

Ici, comme dans les autres branches des beaux-arts, l'imitation matérielle est un moyen de l'art, mais ce n'est pas le but de l'art; le but de l'art est de manifester le beau, directement ou indirectement, avec une forme digne du beau, afin d'éveiller le sentiment vague du beau, la poésie, qui existe en germe dans l'homme toujours à quelque degré.

Du reste, la musique, considérée dans le drame lyrique moderne, nous présentant l'art sous l'aspect le plus large, va nous permettre de mieux faire ressortir le véritable but de l'art : lorsque le musicien se propose de dérouler le tableau des sentiments humains en lutte sérieuse ou comique, dans une œuvre une et variée, ou bien lorsqu'il veut, dans la musique purement religieuse, manifester les sentiments de l'homme envers Dieu, il choisit un cadre conforme à ses vues; le sujet choisi, politique, religieux, mythologique, pastoral, etc., etc., le poète le traite et trace l'esquisse du tableau à faire par le musicien; et ces deux artistes, unis par le génie, se font réciproquement valoir : le poète, par l'intérêt attachant et croissant de son poème, la manière de faire parler et agir les personnages; le musicien, en créant des types de rythmes et de dessins propres à manifester les sentiments du poème. Et pour présenter ces sentiments dans un milieu convenable, l'art déploie toutes ses séductions, et fait pour l'ouïe une atmosphère d'harmonie; au moyen de cet idéal d'harmonie, les sentiments supérieurs paraissent naturels, simples et vrais.

Supposez par la pensée qu'au lieu de manifester l'idéal (ce qui devrait être), le poème exprimant la réalité de la vie, la musique s'attachât à imiter la vie réelle dans ses rythmes, ses dessins, son harmonie, etc., etc., et essayez de vous rendre compte, si c'est possible, du monstrueux effet de la musique ainsi comprise, et surtout du but et de l'utilité de l'art sous cet aspect.

Passons maintenant à l'exécution de la musique, et voyons en quoi consiste l'idéal pour l'instrumentiste.

Pour l'exécutant, la réalité consiste à exécuter correctement la lettre de la musique, c'est-à-dire à donner à chaque son la durée, l'intonation et l'intensité écrites : c'est l'exécution matérielle, réelle de l'œuvre; et à ce point de vue, on comprend qu'une machine remplirait plus exactement ces conditions qu'un orchestre.

L'idéal de l'exécution consiste, en outre, à rendre les intentions de l'auteur, intentions qui ne sauraient s'écrire; c'est-à-dire à manifester la lettre et surtout l'esprit de l'œuvre. Supposez, par la pensée, une réunion de musiciens s'attachant exclusivement à la lettre de la musique, c'est-à-dire à la réalité, et au lieu de développer le sentiment musical, la poésie, les œuvres sérieuses des maîtres ne serviraient qu'à les abrutir, par les difficultés matérielles de l'exécution.

Pour rendre l'esprit de l'œuvre, il faut absolument que la voix ou le son de l'instrument ait une intention, une âme; c'est-à-dire que la voix manifeste l'idéal, ce qui devrait être, et non la réalité. Différemment, la voix destinée à mettre l'œuvre écrite en communication avec l'ouïe, portant à l'ouïe un son plus ou moins hurlé au lieu d'une voix, l'idéal de l'œuvre paraît d'autant plus emphatique, ridicule, que la voix est plus profondément dans la réalité. Et, au contraire, lorsque l'appareil vocal émet la voix au lieu d'un son, les sentiments exprimés par la musique paraissent simples, naturels et surtout vrais; aussi l'auditeur, sans chercher à se rendre compte des choses, ne trouvant pas que les sentiments exprimés par les chanteurs sérieux soient naturels et vrais, en conclut naturellement contre le genre sérieux en musique.

De même, pour la tragédie, dès que les interprètes ne sont pas à la hauteur du beau manifesté par l'œuvre, on en conclut contre le genre, qui n'est pas, dit-on, dans la nature. On ne remarque pas que le genre ne paraît naturel qu'alors que l'exécutant et l'œuvre écrite sont identiques; c'est-à-dire qu'alors l'exécution se moule sur l'œuvre écrite. Différemment, l'exécutant, par son insuffisance, faisant ressortir la distance qui sépare l'idéal de la réalité, manifeste la tragédie par son côté ridicule, emphatique, grotesque.

CHAPITRE IV.

Des genres en musique.

Le musicien compositeur a ou doit toujours avoir un but en composant son œuvre; nous devons supposer que son but est, dans tous les cas, de faire prévaloir le bien, le beau, à moins que le but de l'art du beau ne consiste à faire triompher le mal, le laid. Pour atteindre ce but, le compositeur adopte le genre qui convient le mieux à sa personnalité; quelle que soit la variété du genre des maîtres, on peut classer tous les genres sous trois catégories : genre sérieux, genre comique, genre gracieux ou léger, le genre mixte n'étant que la combinaison de ces genres.

Dans le genre sérieux, l'art consiste à présenter le beau par son côté sérieux; aussi exige-t-il du musicien compositeur des études sérieuses et la connaissance du cœur humain; le genre comique présente le beau en riant et n'exige peut-être pas un art si profond, mais il suppose toujours un observateur, un philosophe. Quant au genre gracieux, léger, genre où les fioritures, les broderies, les fantaisies dominent, il suppose plutôt de l'imagination qu'une profonde observation, ce genre s'attachant plus à charmer l'oreille qu'à parler au cœur. Néanmoins, lorsque les maîtres se jettent dans la fantaisie, ils ont toujours un but, et à travers la légèreté du genre, ils arrivent au cœur en charmant l'oreille. Sous le souffle puissant du génie, quelle que soit la futilité apparente du genre, il y a toujours une intention.

On conçoit que le genre sérieux varie, suivant qu'il s'agit de musique de théâtre, de musique d'église ou de musique de salon, etc., etc.; de même, le genre comique embrasse toutes les nuances de comique, depuis la charge jusqu'au comique le plus élevé. Le genre gracieux embrasse également toutes les variétés du genre. Néanmoins, dans ce qui nous reste à dire, nous ne nous occuperons de ces genres qu'au point de vue des œuvres destinées à la scène : opéra, opéra-comique, etc.

D'après ce que nous avons dit dans le chapitre précédent, le *libretto* étant donné, et suivant que le sujet de l'œuvre est sérieux, comique ou simplement gracieux, le musicien crée des rhythmes et des dessins propres à manifester les sentiments exprimés par les paroles, se déployant sous une harmonie convenable, afin qu'il y ait identité entre la forme et le beau, c'est-à-dire le sentiment des paroles et la musique; d'où il résulte que le genre ne dépend nullement de la quantité de musique de l'œuvre. Ce n'est pas davantage parce qu'on mêle le dialogue parlé au chant, que l'œuvre est de tel ou tel genre; c'est le but, l'intention, le sujet, la manière de le traiter, qui constituent le genre, absolument comme pour la comédie, la tragédie, le vaudeville.

Aussi ne suffit-il pas, pour avoir un genre, de coudre plusieurs morceaux de musique les uns aux autres; il faut encore que ces morceaux (duos, trios, chœurs, récitatifs, etc., etc.) soient liés et dépendants les uns des autres pour faire un acte, et que les actes s'enchaînent, pour faire un tout ayant un commencement, un milieu et une fin; un tout que l'esprit puisse embrasser sans effort et suivre avec intérêt.

Si chaque genre exige, de la part du musicien compositeur, les qualités dérivant du genre, évidemment cette condition s'applique aussi au musicien exécutant. Le genre classique sérieux exige des études sérieuses; l'instrumentiste habitué à jouer la musique légère serait mal à l'aise dans l'exécution de la musique sérieuse, il méconnaîtrait infailliblement les intentions du maître, quelque soin qu'il mît à exécuter consciencieusement l'œuvre au point de vue musical (durée et intonation des sons). Les instrumentistes n'ignorent nullement ces nécessités dérivant de la nature des choses.

Et pourtant, dès qu'il s'agit des chanteurs, on fait passer les chanteurs de l'Opéra-Comique à l'Académie Impériale, absolument comme si les genres étaient indifférents; on suppose, sans doute, qu'il suffit d'atteindre matériellement la note écrite pour chanter tous les genres; on ne s'aperçoit pas que dans ces conditions le chanteur abaisse nécessairement le genre à sa taille. Déjà le genre opéra-comique a singulièrement baissé par l'insuffisance d'interprètes, et baisse tous les jours; et voilà que ces mêmes interprètes, à peine suffisants pour chanter convenablement les petites choses, les fioritures, le genre léger, sont trouvés convenables pour chanter les grands ouvrages, les œuvres sérieuses des maîtres! En vérité, c'est à n'y pas croire, et un ennemi du progrès ne s'y prendrait pas autrement pour déconsidérer l'art sérieux en France, et prouver notre infériorité musicale à l'étranger [1].

CHAPITRE V.

Unité de l'art musical.

Dans la IIIe Partie, Chap. II, nous avons parlé de la relation des sons au point de vue de l'acuité des sons (intonation); mais la relation dérivant tou-

[1] On dira peut-être que les chanteurs italiens comme Rubini, Lablache, Tamburini, chantaient tous les genres : c'est la vérité: mais d'abord, par diverses causes trop longues à expliquer ici, les genres ne sont pas aussi tranchés au Théâtre-Italien qu'à l'Opéra et à l'Opéra-Comique; en outre, sans parler des avantages de l'idiome italien et des difficultés du nôtre, difficultés qui augmentent avec le genre sérieux, les éminents artistes que nous venons de nommer, ayant fait des études sérieuses, classiques, étaient à la hauteur du genre sérieux, et possédaient d'ailleurs des instruments remarquables; dans ces conditions, la musique légère, comique, était pour eux un délassement pour ainsi dire; tandis qu'il en est tout autrement lorsque du genre léger, comique, on aborde le genre sérieux, sans études sérieuses, et souvent avec des instruments n'ayant pas la puissance du genre, puissance qui n'est pas seulement l'étendue, le volume de la voix.

jours de la simplicité des rapports, s'applique aux autres propriétés du son musical : durée, timbre, intensité, résonnance, propagation et réflexion :

La relation, au point de vue de l'intonation et de la durée, s'applique à la musique.

La relation, au point de vue du timbre et de l'intensité des sons, s'applique à l'exécution de la musique.

La relation, au point de vue de la résonnance, la propagation et la réflexion des sons, s'applique à la facture des instruments de musique et à la construction du local propre à la musique.

La musique et son exécution exigeant des instruments et un local propre à la musique, la musique, l'exécution, la facture des instruments et la construction du local propre à la musique, constituent l'art musical. Et comme les musiciens, les facteurs d'instruments et les architectes, en obéissant à leur instinct secret des choses, n'ont pu qu'appliquer d'une manière plus ou moins satisfaisante la relation, cette nécessité de la forme, il en résulte que l'acoustique musicale, qui s'occupe du son musical au point de vue de la relation, contient ou doit contenir les principes, c'est-à-dire la théorie de l'art musical, art immense, théorie qui se déduit de l'analyse du son musical à divers points de vue; il ne s'agit que d'avoir l'intelligence de l'en faire sortir (1).

(1) Plus tard, si le temps nous le permet, nous compléterons l'acoustique musicale par la théorie de la facture des instruments de musique

Puisque la théorie ne fait pas l'artiste (1), qu'elle se borne à expliquer le pourquoi des faits pratiqués par l'art, de quelle utilité est donc la théorie? Par exemple, pour le musicien?

D'abord, la théorie révèle l'importance de l'art aux yeux des gens instruits qui ne sont pas musiciens, et qui considèrent l'art comme un passe-temps futile; ensuite, la théorie, si elle est rationnelle, contient la justification ou la condamnation de ce que l'art pratique, tout ce que l'homme pratique, invente, découvre, ayant sa justification ou sa condamnation dans une théorie faite ou à faire. D'ailleurs, sans théorie, la pratique, les procédés du métier, finissent par matérialiser l'art et atrophier l'intelligence de l'artiste; la théorie n'eût-elle que l'avantage de tenir l'intelligence de l'artiste éveillée, même pour la critiquer, qu'elle serait déjà très-utile au progrès de l'art; c'est, du reste, une condition dérivant de notre nature que, dans les arts, les industries, etc., le progrès surgisse du concours de la faculté de connaître et du sentiment.

et du local propre à la musique; en attendant, nous avons ici, dans la IIIe Partie, montré les éléments de l'art : relation, expression, idéal dans le son musical analysé au point de vue esthétique.

(1) On ne devient pas peintre, musicien, etc., avec la théorie; il faut nécessairement pratiquer pour acquérir le sentiment pratique de l'art.

CINQUIÈME PARTIE.

CONCLUSION.

CHAPITRE I.

Limites de la faculté de connaître.

Maintenant que nous avons vérifié les principes de l'esthétique dans la musique et jusque dans le son musical, il nous sera plus facile de faire ressortir avec précision les rapports de la faculté de connaître avec le sentiment, rapports que nous n'avons fait qu'indiquer Ire Partie, Chap. II.

Nous avons le sentiment de notre existence, disons-nous Ire Partie, Chap. II, le sentiment de l'existence de ce qui n'est pas nous, le sentiment qu'il n'y a pas d'effet sans cause, etc., etc.

La faculté de connaître explorant l'intelligence, constate ainsi dans l'intelligence humaine quelque chose d'antérieur à elle, quelque chose sur quoi elle repose [1] : c'est le sentiment sous diverses formes, c'est-à-dire l'intelligence innée des choses; senti-

[1] Aussi les véritables axiomes sont des vérités qui reposent nécessairement sur le sentiment.

ment que la faculté de connaître ne saurait comprendre, puisque le sentiment est *antérieur* à elle dans l'intelligence; qu'elle repose sur le sentiment. Aussi la célèbre proposition de Descartes : Je doute, donc je pense, donc je suis, implique-t-elle, nous l'avons déjà dit, le sentiment de son doute, le sentiment qu'il n'y a pas d'effet sans cause. Appuyé sur ce double sentiment, Descartes peut légitimement affirmer son existence; différemment, sa proposition serait inintelligible.

Si du sentiment de notre existence nous passons à l'existence de ce qui n'est pas nous, à l'existence des corps, nous voyons que les physiciens démontrent, expliquent l'existence des corps par tout ce qui n'est pas eux, par les propriétés des corps : étendue, porosité, compressibilité, élasticité, etc., etc.; la faculté de connaître analyse ainsi les propriétés et les lois des corps; mais il ne faut pas oublier que ces propriétés et ces lois ne permettent d'affirmer l'existence des corps qu'en vertu du principe dont nous avons le sentiment, qu'il n'y a pas d'effet sans cause.

Ainsi, la faculté de connaître constatant ce qui est antérieur à elle dans l'intelligence, marque son point de départ, son origine, avec précision. Son point de départ, c'est le sentiment inné de notre existence, le sentiment de l'existence de ce qui n'est pas nous, le sentiment qu'il n'y a pas d'effet sans cause, etc.

Et comme l'intelligence de l'homme ne saurait

s'occuper de science qu'avec l'intelligence qui lui a été départie, il est évident, si ces limites ne sont point imaginaires, que tous les faits premiers dont nous avons le sentiment échappent nécessairement à la faculté de connaître, et lorsqu'elle croit les expliquer, elle n'explique en réalité que des mots; et par exemple, la sensation étant un fait premier, échappe nécessairement à la faculté de connaître : elle n'explique pas, ne peut pas expliquer la sensation, c'est-à-dire le *comment* de la sensation. Elle explique simplement le *pourquoi* de la sensation, le fait extérieur, ce qui est bien différent [1].

Les merveilles de la création, disons-nous Ire Partie, Chap. II, éveillent en nous le sentiment du beau (desseins du Créateur) ; mais en outre, le beau essentiel et divin existe en nous, il embrasse les sentiments supérieurs secondant les desseins du Créateur; desseins que nous ne comprenons pas, mais dont

(1) La faculté de connaître la plus pénétrante ne peut, en fait de sensation, que montrer la relation du fait extérieur avec la sensation, le *pourquoi* de la sensation; et comme les choses extérieures sont en présence des sens de la vue et du toucher, il en résulte que pour la sensation auditive, par exemple, l'explication consiste au fond à montrer la relation de la sensation visuelle avec la sensation auditive. Aussi, en nous occupant de l'ouïe et du son musical (IIIe Partie, Chap. Ier), cherchons-nous à expliquer le *pourquoi* de la sensation dans les faits extérieurs sous nos yeux, la faculté de connaître la plus pénétrante ne pouvant aller au delà. Quant à l'odorat et au goût, deux sens correspondant plutôt à l'animalité qu'à l'intelligence, la faculté de connaître peut encore moins en expliquer le *comment*.

nous avons le sentiment; sentiment qui nous oblige au devoir, sous peine de remords.

La faculté de connaître constate encore ici ce qui est antérieur à elle dans l'intelligence; qu'elle ne comprend pas, c'est inutile, impossible, puisqu'elle en a le sentiment; seulement, la faculté de connaître constate, découvre, explique que ce sentiment est en nous, et elle en conclut que les sentiments supérieurs secondent les desseins du Créateur, en dehors des desseins du Créateur et de nos *desseins,* la faculté de connaître n'apercevant pas de desseins possibles.

Entre ces deux limites que nous venons d'indiquer, la faculté de connaître peut tout comprendre, expliquer; si elle est suffisamment pénétrante, mais si puissante que soit la faculté de connaître, le sentiment sous ses diverses formes, antérieur à elle dans l'intelligence, échappe nécessairement à sa compréhension, ce qui ne signifie nullement que la compréhension soit plus évidente pour l'intelligence que le sentiment, au contraire; seulement, ce sont deux manières d'être de l'intelligence qui se complètent nécessairement.

Le sentiment, sous ses diverses formes, c'est la science divine, l'intelligence innée de l'homme dérivant de sa nature, comme les appétits et les instincts dérivent de la nature animale. La connaissance, c'est l'intelligence humaine, la science humaine, acquise par l'homme à la sueur de son front, science conquise par la faculté de connaître, science dont l'homme doit avoir un légitime orgueil, science qui s'apprend [1], s'explique, se démontre.

Aussi l'emploi rationnel de la faculté de connaître consiste tout d'abord à constater avec soin ce dont l'intelligence a le sentiment, et conséquemment qu'elle ne saurait comprendre, puisqu'elle en a le sentiment, l'intelligence qui ne sait pas distinguer ce dont elle a le sentiment de ce qu'elle peut connaître, comprendre, étant nécessairement une intelligence confuse, un chaos.

CHAPITRE II.

De la faculté de connaître dans ses rapports avec la morale ou science du bien.

Dieu ne peut mal faire; il fait; et tout ce qui est dans la création, avons-nous dit Ire Partie, Chap. I, seconde ses desseins en obéissant à des lois inva-

(1) La foi repose sur la science innée, conséquemment la foi ne s'apprend pas, elle se communique, se développe par la pratique : pratiquez le bien, la foi viendra. Les beaux-arts reposent aussi sur cette science innée, on ne va pas de la théorie à la pratique dans les arts : pratiquez, et le sentiment de l'art, le sentiment du beau se développera.

C'est parce que cette science innée existe dans l'homme, qu'en toutes choses la pratique a toujours devancé la théorie.

riables, éternelles, l'homme excepté [1]; et l'homme ne pouvant, quoi qu'il fasse, employer son activité que contrairement ou conformément aux lois et aux desseins du Créateur, il en résulte que le bien matériel et moral, comme le mal matériel et moral, se réalise dans les sociétés humaines suivant que l'homme emploie son activité conformément ou contrairement aux lois et aux desseins du Créateur.

Conséquemment, le mal comme le bien impliquent une volonté intelligente et libre; l'animal obéit à ses instincts, la matière obéit à des lois immuables; ni l'animal ni la matière ne peuvent ni bien ni mal faire. Seulement, la pierre écrasant le passant, la bête féroce dévorant le voyageur égaré, les épidémies nous séparant des êtres qui nous sont chers, peuvent être cause de malheurs, comme les ouragants, les inondations, etc., etc., détruisant les biens de la terre, occasionnent de grands malheurs sans en avoir la conscience.

Comment l'homme peut-il employer son activité contrairement aux lois et aux desseins du Créateur? Le voici : l'homme étant à la fois intelligence, animal et volonté, la volition est incitée par deux tendances de nature différente : l'une, correspondant au *moi*, à l'animalité ; l'autre, correspondant aux sentiments su-

[1] Assurément le Créateur pouvait obliger l'homme, comme il oblige les mondes de l'espace, à seconder ses desseins en obéissant à des lois invariables, immuables; cette exception implique nécessairement des desseins ultérieurs sur l'homme.

périeurs secondant les desseins du Créateur. L'animal veut vivre, satisfaire ses appétits, c'est la loi; mais l'homme, volonté intelligente, abusant de la loi, incline sans cesse à développer ses appétits, étendre la vie des sens, le *moi*, la personnalité, aux dépens et à l'exclusion des sentiments supérieurs de sa nature, qui lui montrent un but supérieur à la vie des sens, à l'animalisation.

Ces deux tendances dérivant de la nature des choses, correspondent, sans nul doute, aux desseins du Créateur, mais à condition que la tendance supérieure dirige l'autre; différemment, l'intelligence de l'homme, au lieu de seconder les desseins du Créateur, ne sert à l'homme que pour développer ses appétits, étendre la vie des sens, la vie égoïste [1].

Et le mal surgit de l'égoïsme, non pas seulement parce que l'intelligence de l'homme s'atrophie au service exclusif des sens, au service étroit du *moi*, de l'animalité, mais plutôt parce que les rôles sont renversés; ce n'est pas l'intelligence déterminée par un motif supérieur et impersonnel, le devoir, qui guide l'homme, c'est l'animal qui dirige l'intelligence, par un motif exclusivement personnel, égoïste; et par cette interversion des rôles, contraire à la nature des

[1] L'égoïsme bien compris consisterait à maintenir l'équilibre entre les deux tendances dont il est question, c'est même la sagesse au point de vue de la société. Ces deux tendances étant de nature contraire, ne sauraient s'équilibrer; il faut nécessairement que l'une des deux l'emporte sur l'autre; mais en supposant cet équilibre possible, la vie de l'homme n'aurait pas de but; il ne vivrait pas pour s'améliorer, il végèterait.

choses, contraire aux desseins du Créateur, l'homme remplace dans la société les desseins du Créateur par l'égoïsme de chacun, et l'égoïsme de chacun, c'est le chaos, la lutte.

Avec de l'intelligence, l'homme se garantit d'une grande partie des malheurs où sa volonté n'a point de part, ces malheurs dérivant presque toujours des rapports nécessaires des choses, tandis que l'intelligence au service de l'égoïsme ne le rend que plus dangereux pour la société, par les séductions qui l'entourent. Avec un peu d'art, d'habileté, l'égoïsme intelligent présente les vices comme des vertus, le vice surgissant le plus souvent des sentiments, des instincts, des besoins légitimes détournés de leur but (1), viciés.

Du choc, de l'antagonisme, de l'égoïsme de chacun, surgit dans la société une morale variable suivant la société, morale que les sciences, les industries diverses, les beaux-arts, la législation, la politique, etc., etc., de chaque société manifestent; morale dont la notion du bien et du mal n'a pas toutes ses racines dans les sentiments supérieurs de notre nature, mais dans l'homme tel qu'il est, mélange de nature supérieure, d'instincts et d'égoïsme; aussi arrive-t-il sou-

(1) L'orgueil, l'avarice, la luxure, l'envie, la gourmandise, la colère, la paresse, ne sont, en effet, que des sentiments et des instincts légitimes détournés de leur but. Autre exemple : l'amour du bien, la haine du mal, dérivent assurément des sentiments supérieurs de notre nature; cette répulsion légitime contre le mal, détournée de son but, viciée, n'engendre-t-elle pas l'intolérance, le fanatisme?

vent que ce qui est bien suivant la société est mal suivant la morale invariable secondant les desseins du Créateur (1), la morale des sociétés n'étant pas toujours conforme à ce qui devrait être. Tout en reconnaissant en principe la perfection de la morale reposant sur les sentiments secondant les desseins du Créateur, morale que le Christ a révélée : dans la pratique, l'homme la considère, à cause même de sa

(1) Et pour ne citer que deux exemples : s'agit-il du travail, qui est le premier devoir pour tous, non pas parce que le travail est une nécessité de notre nature, mais parce qu'il est imposé par les sentiments secondant les desseins du Créateur? la morale de la société ne flétrit pas avec assez de sévérité la paresse, l'oisiveté; et par contre, elle n'honore pas suffisamment le travail. Bien mieux : jadis vivre noblement, c'était ne rien faire de vraiment utile, ou mieux encore faire le mal; c'est que la morale qui repose sur les sentiments supérieurs de notre nature, oblige; tandis que la morale qui repose sur l'égoïsme, n'oblige pas, elle dispense.

S'agit-il de la guerre que les peuples se font entre eux? le désaccord entre les deux morales est encore plus évident. La guerre est une dure nécessité, que la morale, reposant sur les sentiments supérieurs, ne comprend que dans l'intérêt du progrès de l'humanité, de la civilisation, le glaive d'une main, plutôt pour se garantir que pour frapper, et le flambeau qui éclaire et moralise, de l'autre. Quant à la guerre des peuples civilisés entre eux, elle est un non-sens, un crime en morale; à moins d'admettre, contrairement aux sentiments supérieurs de notre nature, que la modération, la justice, ne soient l'attribut essentiel, caractéristique, de la puissance, de la force. Et pourtant, la morale des peuples qui se disent chrétiens est loin de considérer la guerre faite dans un esprit exclusif d'agrandissement, de conquête, comme un crime.

A cette occasion, je ferai remarquer que dans les causes de guerre, on voit généralement le doigt de Dieu; oui sans doute, le doigt de Dieu est là, en ce sens qu'en dehors de ses desseins, les desseins égoïstes des sociétés engendrent nécessairement la guerre et les maux qui en dérivent.

perfection, comme réservée à des natures privilégiées, exceptionnelles; et de tous les priviléges, c'est le seul que l'homme se montre peu empressé de conquérir, parce que ce privilége oblige au dévouement, au sacrifice, à l'abnégation, partout et toujours.

La faculté de connaître constate ainsi deux morales : l'une variable, correspondant à l'homme tel qu'il *est* [1], que les arts, les sciences, la législation, la politique, etc., etc., des sociétés manifestent; l'autre invariable, reposant sur les sentiments supérieurs secondant les desseins du Créateur, correspondant à l'homme tel qu'il devrait être. Et suivant que la morale de la société est conforme ou contraire à ce qui devrait être, la société contrarie ou seconde les desseins du Créateur.

Les divers systèmes de morale des moralistes et

(1) Tel que l'a fait Adam. Si, par la pensée, nous nous représentons l'homme, dans le passé des siècles, employant son activité conformément aux lois et aux desseins du Créateur, il réalisera assurément le bien matériel et moral, et le mal n'aura pas de raison d'être dans la société; il n'y aura tout au plus place que pour le malheur. Tel devait être Adam avant la chute.....; mais dès qu'il a touché à l'arbre de la science du bien et du mal, c'est-à-dire dès qu'il a employé son intelligence à développer la vie des sens, la vie égoïste, la lutte a commencé entre les desseins du Créateur et les desseins de l'homme. Avant le développement de la vie des sens, l'antagonisme entre les desseins du Créateur et les desseins de l'homme ne saurait se comprendre; et Adam ne pouvant engendrer une descendance autre que celle dérivant de sa nature, le péché originel a pris sa source dans l'égoïsme.

Du reste, Adam c'est l'humanité, c'est l'histoire de l'humanité; Adam c'est l'homme sous nos yeux.

des philosophes doivent nécessairement établir leur notion du bien et du mal d'après et sur les nécessités dérivant de la société, ou, d'après la double nature de l'homme, établir la notion du bien et du mal sur un égoïsme plus ou moins intelligent, ou sur un mysticisme exagéré. Et la faculté de connaître et le sens commun reconnaissent néanmoins, malgré les explications plus ou moins satisfaisantes des moralistes et des savants à diverses époques, qu'il n'y a et ne saurait y avoir qu'une morale, invariable, éternelle, reposant sur les sentiments supérieurs secondant les desseins du Créateur, morale que le Christ a révélée, la morale du Christ n'étant au fond que la révélation des sentiments supérieurs de notre nature.

A mesure que la morale des sociétés se rapproche de cette morale, les sociétés se perfectionnent ; aussi, présenter, comme on le fait quelquefois, les diverses morales des sociétés comme un argument contre la stabilité des principes de la morale, c'est méconnaître les choses, la morale de chaque société exprimant simplement le degré de développement moral atteint par la société ; en d'autres termes, la morale de la société n'étant que l'application plus ou moins satisfaisante de la morale divine, antérieure et supérieure à la société.

La morale, invariable, éternelle, reposant sur le beau essentiel (sentiments secondant les desseins du Créateur), la question du bien se trouve intimement liée à la question du beau ; et la morale, comme science, repose évidemment sur le vrai perçu par le sentiment (1). Supprimez, en effet, les sentiments supérieurs de notre nature, il ne reste plus de base fixe pour la morale, et les actions humaines sont bonnes ou mauvaises, suivant qu'elles contrarient ou favorisent l'intérêt, l'égoïsme de chacun.

Plus les sentiments supérieurs sont développés, plus l'obligation de pratiquer le bien grandit; d'où la consé-

(1) M. Cousin, s'appuyant sur Royer-Collard, dit, dans son livre *Du Vrai, du Bien, du Beau*, page 323 : « Ne nous lassons pas de citer » M. Royer-Collard; il a marqué les défauts de la morale du sentiment » dans une page vive et forte, à laquelle nous empruntons quelques traits. » (*Œuvres* de Reid, t. III, p. 410-411.) « La perception des qualités » morales des actions humaines est accompagnée d'une émotion de l'âme » que nous appelons *sentiment*. Le sentiment est un secours *de la nature* qui nous invite au bien par l'attrait des plus nobles jouissances » dont l'homme soit capable, et qui nous détourne du mal par le mépris, » l'aversion, l'horreur qu'il nous inspire. C'est un fait, qu'à la contemplation d'une belle action ou d'un noble caractère, en même temps que » nous percevons ces qualités de l'action et du caractère, perception qui » est un jugement, nous éprouvons pour la personne un amour mêlé de » respect, et quelquefois une admiration pleine d'attendrissement. Une » mauvaise action, un caractère lâche et perfide, excitent une perception » et un sentiment contraires. L'approbation intérieure de la conscience et » le remords sont des sentiments attachés à la perception des qualités morales de nos propres actions. Je n'affaiblis point la part du sentiment; » cependant, il n'est pas vrai que la morale soit toute dans le sentiment; » si on le soutient, on anéantit les distinctions morales.... Que la morale soit toute dans le sentiment, rien n'est bien, rien n'est mal en » soi; le bien et le mal sont relatifs; les qualités des actions humaines... » sont précisément telles que chacun les sent. Changez le sentiment, vous » changez tout; la même action est à la fois bonne, indifférente et mau-

quence que le devoir, invariablement le même pour tous, en ce sens qu'il consiste toujours à seconder les desseins du Créateur, le devoir, infini de sa nature, grandit néanmoins pour chacun à mesure que les sentiments supérieurs se développent, tandis que d'après la morale des sociétés les plus avancées en civilisation, le devoir écrit dans la loi est le même pour tous, ou plutôt le devoir et le droit se complètent; différem-

» vaise, selon l'affection du spectateur. Faites taire le sentiment, les ac-
» tions ne sont que des phénomènes physiques; l'obligation se résout
» dans le penchant, la vertu dans le plaisir, l'honnête dans l'utile. C'est
» la morale d'Épicure : *Dii meliora piis !* »

1re *Erreur*. — En se plaçant à notre point de vue :

L'illustre Royer-Collard prend ici l'effet pour la cause; les sentiments supérieurs secondant les desseins du Créateur existent en nous; et c'est parce que l'acte est conforme ou contraire à ces sentiments, que l'émotion de l'âme, qu'il appelle *sentiment*, mouvement pour ou contre, surgit : action du dehors au dedans, sentiment; réaction du dedans au dehors, manifestation du sentiment, c'est-à-dire mouvement pour ou contre, amour ou haine; aussi avons-nous fait remarquer, IIe Partie, Chap. IV, que le sentiment, dans sa manifestation, est un mouvement pour ou contre.

2e *Erreur*. — La perception des qualités morales des actions humaines varie assurément suivant les individus. Plus les sentiments supérieurs sont développés, et plus chacun perçoit de qualités morales ou immorales dans le même acte; et cette variété n'exclut nullement l'invariabilité du sentiment, qui, à quelque degré qu'il perçoive la moralité ou l'immoralité, la perçoit toujours et partout, dans la conformité ou la non conformité de l'acte, avec les sentiments supérieurs de notre nature.

Le vrai aussi est perçu par chacun à divers degrés, suivant le développement de la faculté de connaître; mais ce qu'il y a d'invariable dans la faculté de connaître, c'est que connaître pour tous, c'est saisir les rapports nécessaires.

ment, l'égoïsme des uns s'emparant de tous les droits, laisserait aux plus faibles tous les devoirs, toutes les charges [1]. Le droit correspondant au devoir est d'invention humaine et dérive de la morale de la société; la morale reposant sur les sentiments supérieurs ne connaît que des devoirs; c'est qu'en effet le devoir de la créature est de servir les desseins du Créateur, en employant son activité, dans l'humble rang qui lui est assigné dans la société, conformément aux sentiments supérieurs de sa nature. Imaginez par la pensée une société où chaque individu emploie son activité conformément aux sentiments supérieurs secondant les desseins du Créateur, une société pratiquant la morale du Christ, et le droit n'aura pas de raison d'être.

CHAPITRE III.

De la faculté de connaître dans les rapports avec le beau et la forme du beau.

Si Dieu n'avait voulu qu'un admirateur de son œuvre, l'impression des merveilles de la création suffisait pour faire du passage de l'homme sur la terre un long cri d'admiration; admiration stérile, il est vrai; mais l'homme ayant à seconder les desseins du Créateur (le progrès ne pouvant se réaliser dans

(1) Le droit et le devoir sont deux forces égales et contraires qui maintiennent l'équilibre des sociétés et les conservent matériellement.

la création que par son concours, nous le verrons plus loin au Chap. IV), il faut bien qu'il y ait en lui un élément correspondant à ces desseins, et cet élément, c'est le beau essentiel.

Et comme le beau essentiel embrasse les sentiments qui imposent toujours dévouement, sacrifice, abnégation à quelque degré, sacrifice dont l'homme éprouve néanmoins une satisfaction, il faut bien que ces sentiments secondent les desseins du Créateur, en dehors des desseins du Créateur et de nos desseins, la faculté de connaître ne pouvant comprendre d'autres desseins.

Tout ce qui dans la création ou l'art éveille le beau qui est en nous (sentiment secondant les desseins du Créateur) fait partie du beau, est beau, mais n'est pas le beau; différemment, le beau ne serait pas invariable pour tous, chacun ne saisissant les beautés dans la création ou l'art qu'à son point de vue (1).

Le but de l'art est de manifester ce beau invaria-

(1) Les beautés des choses varient assurément suivant les habitudes, l'instruction, la manière de voir et de sentir des individus; l'un, par exemple, n'est frappé que de la beauté physique des choses, c'est-à-dire la beauté qui s'adresse à la vue; l'autre n'est sensible qu'à la beauté qui s'adresse à l'ouïe; d'autres comprennent mieux les beautés qui s'adressent à l'intelligence; d'autres, et c'est le plus grand nombre, n'admirent que la beauté morale : c'est qu'en effet c'est la beauté morale qui est le *beau*. Bien mieux, tel s'émeut à l'aspect d'un tableau, qui est insensible aux merveilles de l'Artiste éternel; tel autre n'apprécie dans les œuvres d'art que la forme et les difficultés matérielles de l'art, sans s'occuper du beau; tel autre passe sa vie à collectionner, réunir des objets n'ayant d'autre mérite que la rareté, une des qualités du beau, etc.

ble, ou du moins de l'éveiller directement ou indirectement en nous par l'attrait de la forme ; mais souvent l'art, méconnaissant son but, se matérialise dans la forme, ou bien il imagine un beau conventionnel ou de fantaisie, n'ayant de rapport ni avec ce qui est, ni avec ce qui devrait être, comme les héros de certains romans. Ce n'est plus l'art du beau, c'est la prostitution de l'art ou l'idolâtrie, l'imagination de l'artiste ne pouvant, en dehors de ce qui devrait être, qu'enfanter de faux dieux. Aussi, avons-nous fait remarquer en commençant que, pour apprécier le but sérieux, moralisateur de l'art du beau, il ne faut jamais le considérer tel qu'il est, mais tel qu'il devrait être; bien mieux, en ne s'attachant qu'à ce qui est, il serait possible de prouver que l'art est peut-être le plus puissant agent de démoralisation, par ce seul fait que l'art du beau au service du luxe, de la vie des sens, de la vie égoïste, présente le vice avec attrait en le parant des vêtements du beau.

La faculté de connaître ayant constaté que l'art (forme du beau) n'est pas toujours au service du beau, constate encore que le sentiment de la forme existe en nous à quelque degré; car nous cherchons tous à produire nos idées dans une certaine relation. Néanmoins, ce n'est qu'après avoir incarné en lui, par un long et pénible travail, le sentiment pratique de la forme, que l'homme devient artiste, c'est-à-dire capable de manifester avec art (forme du beau) ses sentiments et ses idées.

D'où il suit, et c'est un point important à signaler,

que l'art du beau est soumis à la double loi de la matière et de la forme [1]; et, par exemple, la musique, dont nous nous sommes occupé IIIe et IVe Parties, est soumise aux rapports nécessaires entre le nombre de vibrations et l'acuité absolue des sons; mais elle est soumise, en outre, aux lois de la relation des sons dérivant des nécessités de la forme. L'architecte est soumis aux lois de la matière pour les matériaux qu'il emploie, et aux lois de la relation dès qu'il veut donner une forme à son œuvre; différemment, il ne fait que juxtaposer pierre sur pierre. Le peintre, le sculpteur, etc., sont de même soumis à cette double loi, dérivant de la nature des choses et des nécessités de la forme.

Les merveilles de la création sont également régies par cette double loi. En donnant le mouvement, la vie à la matière, avec les germes de forme qu'elle contient, l'Artiste éternel organise, développe la forme dans la création, les mondes de l'espace [2].

(1) Montesquieu a défini les lois : les rapports nécessaires dérivant de la nature des choses. A mesure que la nature des choses s'élève, les nécessités se compliquent : ainsi, la relation est une nécessité de la forme; la végétation est une nécessité de l'organisation dans le règne végétal, comme la vitalité est une nécessité de la sensibilité et de l'organisation dans le règne animal, comme les instincts sont une nécessité inhérente à la conservation de l'animal, et enfin comme l'intelligence est une nécessité de la personnalité chez l'homme.

(2) Et comme notre système planétaire, régi par cette double loi de la matière et de la forme, doit être dans une certaine relation, et que la relation la plus simple est l'unité (identité dans la variété), il en résulte que

En incarnant dans la forme humaine les germes de l'intelligence (sentiments supérieurs), le Créateur manifeste son intelligence dans la création; et l'homme, chef-d'œuvre de la création, résumant en lui la création : matière, forme, organisation, instincts, intelligence, manifeste à son tour dans l'art son intelligence de la forme, organise sa pensée, et, comme le Créateur, anime la forme en y incarnant son intelligence (sentiments supérieurs).

Aussi, les lois mathématiques sont-elles insuffisantes pour établir la théorie de l'art (forme du beau); c'est le sentiment de l'artiste qui crée l'art; et ce sentiment, science secrète de la forme, est supérieur aux lois mathématiques. Les nombres constatent la relation de la forme qui s'adresse aux sens de la vue et de l'ouïe, mais les nombres ne la créent pas; différemment, les plus habiles mathématiciens seraient en même temps des artistes distingués.

C'est que la science du mathématicien et la science de l'artiste reposent : l'une sur la faculté de connaître, l'autre sur le sentiment; conséquemment, pour

les nombres indiquant la relation des sons de la gamme générale, dont il est question IIIe Partie, Chap. II, pourraient bien aussi exprimer la relation des planètes découvertes et *à découvrir*, avec le soleil.

Je soumets en passant cette observation à l'attention des astronomes, sans prétention aucune, simplement parce que l'analogie dérive de la nature des choses. La loi de Bode, astronome de Berlin, contient d'ailleurs un des éléments de la relation (l'identité); la série 3, 6, 12, 24, 48, 96, 192, etc., qu'on y trouve, manifeste en effet l'identité, le rapport 3 à 6 étant le même que celui de 6 à 12, de 12 à 24, etc.

faire la théorie de l'art du beau, c'est le sentiment que la faculté de connaître doit observer, et non se mettre à sa place; en dehors de ces conditions, la faculté de connaître invente, explique simplement sa manière de comprendre l'art; aussi, dit-on que l'analyse éteint le sentiment de l'art; oui, sans doute, mais l'analyse qui au lieu d'observer le sentiment se met à la place du sentiment.

CHAPITRE IV.

De la faculté de connaître dans ses rapports avec le progrès.

§ I.

Le progrès, au point de vue le plus général, consiste à atteindre la perfection dérivant de la nature des choses. Tout ce qui est dans la création, l'homme excepté, secondant les desseins du Créateur, en obéissant à des lois invariables, immuables, l'homme seul peut progresser et faire progresser ce qui est, le progrès impliquant une volonté libre et intelligente.

Le progrès pour l'homme consiste à développer son intelligence, afin d'utiliser à son profit les lois de la matière, les lois de la matière organisée, les instincts des animaux, et féconder, diriger les forces productrices de la création; en d'autres termes, le progrès, pour l'humanité, est, en définitive, la lutte, le triomphe, la domination de l'intelligence sur la matière; lutte pour développer l'intelligence; lutte pour découvrir les secrets de la création et les utiliser au profit de son bien-être matériel; lutte contre les appétits, l'égoïsme. Et bien que l'homme puisse éprouver un légitime orgueil à contempler ses conquêtes dans les industries diverses, les sciences, etc., il ne doit jamais oublier qu'il reste tant de lois à découvrir et utiliser, que ce qu'il a fait n'est rien, comparé à ce qui lui reste à faire, les trésors de la nature étant infinis, inépuisables.

Sans l'intelligence de l'homme, la terre, peuplée d'animaux se servant réciproquement de pâture, serait réduite à une végétation extrêmement bornée; c'est l'homme qui, par son travail, féconde la terre, et par son intelligence, développe les germes existant dans la création, qui sans son concours intelligent se perdraient dans le néant. Aussi l'œuvre de Dieu n'atteint son développement que par le concours intelligent de l'homme; l'homme ne crée pas sans doute, mais il développe, féconde, utilise ce qui *est*, et produit le bien-être matériel, en secondant les desseins du Créateur avec intelligence et volonté.

Si le rôle de l'homme devait finir par sa courte apparition sur la terre, le progrès matériel suffirait pour atteindre la *perfection* dérivant de sa nature; et même dans ces conditions, l'homme pourrait se considérer comme bien supérieur à l'univers, par ce fait qu'il seconde les desseins du Créateur avec intelligence et volonté; seulement, il pourrait se plaindre d'avoir eu à remplir le rôle le plus difficile, qui a fait de sa vie passagère une lutte constante, lutte, nous l'avons dit, pour féconder la terre, arracher les secrets de la création; lutte pour développer son intelligence; lutte pour habituer les organes au travail; lutte contre ses instincts, ses appétits, etc., etc.; tandis, par exemple, que les animaux de la création naissent avec leur intelligence toute faite, et obéissent à leurs instincts sans hésitation possible, sans remords.

Mais le progrès matériel ne suffit pas à l'homme; l'homme doit progresser lui-même pour atteindre la perfection dérivant de sa nature, c'est-à-dire qu'il doit employer le bien-être matériel à seconder les desseins du Créateur, et non à développer exclusivement la vie des sens, la vie égoïste; et c'est ici qu'est la grande difficulté et la véritable supériorité de l'homme sur l'univers. L'intérêt de sa conservation, les satisfactions inhérentes à son bien-être matériel, ont obligé l'homme à développer sa faculté de connaître; son intérêt personnel, égoïste, le porte au contraire à laisser dans l'ombre les sentiments supérieurs qui l'obligent au devoir; aussi, à mesure que la faculté de connaître se développe, l'homme s'ingénie à discuter les sentiments qui l'obligent au devoir, à discuter Dieu lui-même, afin de se créer un progrès moral en dehors des desseins du Créateur.

Ce n'est pas, comme on pourrait le croire, l'insuffisance de l'intelligence qui empêche l'humanité de marcher avec persévérance et suite à la conquête du progrès; c'est plutôt l'abus de l'intelligence qui fait dérailler l'humanité, abus par égoïsme ou orgueil. Dieu a donné à l'homme l'intelligence pour connaître, utiliser les lois de la création et seconder ses desseins; et l'homme veut bien utiliser les lois de la création, mais au profit exclusif de ses propres desseins. Aussi, depuis Adam, une loi constante pèse sur les sociétés humaines; à un moment donné, elles s'arrêtent dans leur marche ascendante, non pour se reposer des fatigues de la lutte, mais pour descendre l'échelle et passer à la barbarie [1], abruties par la vie des sens. Les exemples des peuples fameux de l'antiquité succombant sous le poids du bien être matériel ne manquent assurément pas.

C'est que le progrès infini de sa nature consiste dans l'amélioration *matérielle* et *morale* de l'homme, l'amélioration matérielle n'étant qu'une des conditions du progrès.

[1] Des esprits creux qui veulent être profonds prétendent que ces convulsions, ces éclairs suivis d'obscurité, cachent le progrès; et lorsque l'humanité paraît plongée dans l'abrutissement, elle marche pourtant, et arrive à ses fins par un travail mystérieux, souterrain. Sans doute, l'humanité a beau s'agiter, Dieu la mène, en ce sens, qu'en dehors de ses lois et de ses desseins, l'humanité ne saurait qu'engendrer le mal; et l'excès même du mal doit forcer l'humanité à se remettre dans le bon chemin. Mais au lieu d'attendre le progrès des chutes, des épreuves et des convulsions de l'humanité, c'est-à-dire de l'excès du mal, et conséquemment de la fatalité, ne vaudrait-il pas mieux marcher à la conquête du progrès avec intelligence et volonté.....?

Et l'amélioration morale n'est possible qu'à la condition pour tous de seconder les desseins du Créateur; hors de ces desseins, il y a, en effet, autant de desseins que de sociétés et que d'individus dans chaque société, et les efforts de chacun, au lieu de converger vers un but commun, le progrès, les efforts de chacun se contrarient et engendrent nécessairement le chaos, la lutte, l'égoïsme.

Par suite de cet abus de l'intelligence, le problème du progrès se complique; il ne suffit plus, pour progresser, de développer les germes de la société, il faut, en outre, transformer dans la société ce qui est en ce qui devrait être. Ce qui devrait être, ce sont les lois et les desseins du Créateur; ce qui est, c'est la manière dont l'homme a compris, appliqué, utilisé ces lois et pratiqué ces desseins.

Et le progrès se réalise dans la société à mesure que ce qui est se rapproche de ce qui devrait être. En obéissant au sentiment de ses devoirs, et le travail est le premier devoir, l'homme réalise le bien-être matériel, au fur et à mesure qu'il découvre et utilise à son profit les lois de la création; et par le bon emploi des biens matériels ou richesse, bon emploi dérivant du sentiment de ses devoirs, l'homme réalise le bien-être moral [1] en faisant prévaloir les sentiments secondant les desseins du Créateur sur les instincts, l'égoïsme.

[1] D'où il résulte qu'il y a une source légitime de la richesse : le travail; et un emploi légitime de la richesse.

§ II.

Le progrès implique, on le voit, deux termes, ce qui devrait *être* et ce qui *est*. Supprimez l'un des termes, et il n'y a pas ou il n'y a plus de progrès possible.

Pour être vraiment utile au progrès, la science économique et sociale devrait donc s'occuper à déterminer les principes, c'est-à-dire ce qui devrait être; puis montrer ce qui est dans la société, et enfin expliquer comment la transformation de ce qui est en ce qui devrait être doit s'opérer sans secousse violente.

Les uns, n'apercevant dans les sciences économiques et sociales qu'une donnée du problème, *ce qui devrait être,* et les autres, ne voyant que ce qui *est,* discutent sur le progrès sans issue possible, et discuteraient inutilement jusqu'à la fin des siècles.

Et lorsqu'on réfléchit à la résistance des intérêts, des abus atteints par le progrès, à la force d'inertie des masses pour le progrès, précisément parce que le véritable progrès ne s'adresse pas exclusivement aux satisfactions matérielles ; lorsqu'on songe à la vie de l'homme si courte, aux nécessités pressantes de la vie qui obligent les neuf dixièmes de la société à s'occuper de la réalité bien plutôt que de ce qui devrait être, c'est en vérité à désespérer du progrès de l'humanité, alors surtout que les hommes à l'abri des nécessités de la vie matérielle, qui pourraient utilement employer leur temps et leur intelligence au progrès [1], les dépensent dans l'oisiveté, le vice, la vie de luxe, la vie égoïste.

Aussi, nous l'avons déjà dit, les sociétés, comme par le passé des siècles, brillent un instant pour passer à la barbarie, et cet éclat passager semble destiné à marquer la trace de leur passage ; les sociétés vivent matériellement, en employant toutefois une partie notable de leurs forces à se conserver, se défendre, mais elles ne progressent pas en réalité ; non pas que nous prétendions nier le progrès matériel, les conquêtes évidentes, merveilleuses du siècle dans les sciences, l'industrie, etc., etc. ; mais dès que le progrès moral n'est pas parallèle au progrès matériel, ces conquêtes aboutissent en définitive à la vie de luxe, et le luxe à la vie des sens, et la vie des sens à l'égoïsme ; et par l'égoïsme la société marche fatalement à la décadence. Je m'explique : le luxe, au point de vue de la société telle qu'elle est, peut être considéré comme un bien, ou plutôt comme un mal nécessaire, car le luxe fournit du travail à bon nombre d'ouvriers, qu'on réduirait à la misère en le supprimant brusquement ; le luxe excite d'ailleurs l'émulation de ceux qui veulent se procurer le bien-être ma-

(1) Ils s'imaginent travailler suffisamment au progrès en consommant les produits de la société, oubliant que la société humaine est une armée en présence de l'ennemi, et cet ennemi, c'est l'ignorance, l'orgueil et l'égoïsme, le plus dangereux de tous.

tériel, et beaucoup de gens croupiraient dans la paresse sans ce dangereux excitant. Au surplus, le luxe n'existe réellement pas, car chacun vous dira qu'il n'a que le nécessaire. Nous ne pouvons raisonnablement pas revenir à la simplicité de nos pères; les idées ont marché, le bien-être matériel s'est développé, les habitudes ont changé, etc., etc.; c'est la loi du progrès de traîner avec lui le bien et le mal.

On pourrait assurément, en cherchant un peu, trouver d'autres raisons, et peut-être meilleures, pour justifier le luxe, en ne considérant que ce qui *est*, c'est-à-dire la société telle qu'elle est.

Mais la société telle qu'elle est a sa justification ou sa condamnation dans ce qui *devrait être*, c'est-à-dire les principes. Or, au point de vue des principes, le luxe pousse les sociétés fatalement à la barbarie.

Laissant de côté les détails, qui nous mèneraient trop loin, nous nous contenterons de faire remarquer que les biens de la terre sont bornés au travail humain, à l'activité humaine; c'est le travail de l'homme qui a produit les richesses qui existent [1], et ce travail suffit à peine aux besoins légitimes de la société. Il est évident que dès qu'une portion de cette activité est employée à satisfaire des besoins de

[1] Aussi la propriété a son origine dans l'activité humaine : c'est le travail de l'homme qui a fécondé la terre et fondé la propriété. Les terres ne manquent pas sur le globe qui n'attendent que le travail humain. La propriété n'existe pas avant le travail de l'homme; avant le travail de l'homme, il n'y a que le droit du plus fort ou du premier occupant.

luxe, les besoins légitimes sont en souffrance. En outre, si dans la société les uns consomment plus que leurs besoins légitimes, d'autres manqueront du nécessaire, la consommation et la production de la société étant nécessairement les deux termes de l'équation sociale ; mais ce n'est pas tout : le luxe s'adressant à la vie des sens engendre la mollesse, la paresse ; et comme chaque membre de la société doit un travail, sous une forme quelconque, à la société, le luxe prive la société du travail de ceux qui vivent de la vie de luxe ; et la société, partagée entre des consommateurs qui produisent et des consommateurs qui ne produisent rien, qui ne sont pour ainsi dire que des machines à consommer, le mal-être matériel de la société augmente avec le développement *excessif* du luxe ; et chaque membre de la société n'aspirant [1] qu'à vivre de la vie de luxe par les moyens les plus prompts, c'est-à-dire en dehors du travail, le mal moral grandit et se développe nécessairement aussi avec le luxe.

Et comme s'il ne suffisait pas pour engendrer le mal de priver la société du travail utile d'une partie

(1) Quant à ceux qui, par position, subissent le luxe, ils se privent souvent du nécessaire pour satisfaire aux exigences de luxe du milieu où ils sont placés. Aussi est-il difficile à un homme sans fortune de satisfaire aux exigences du luxe en conservant son honnêteté, son indépendance.

D'autre part, le luxe tend à fausser le sens moral de la société, en remplaçant le véritable mérite, simple et modeste de sa nature, par le luxe et la pompe, qui dispensent d'autre mérite.

de ses membres, et de développer la paresse, les vices, l'égoïsme des autres, le luxe a le grave inconvénient d'exciter les convoitises de ceux qui ont à peine le nécessaire, et d'entretenir dans la société l'antagonisme du pauvre contre le riche et du riche contre le pauvre; antagonisme qui mine sourdement les sociétés, ou qui par moments les bouleverse violemment.

En dehors des considérations qui précèdent, et envisageant la question à un point de vue plus élevé, j'ajoute que le développement exagéré du luxe est la négation de la loi du progrès. En effet, le luxe s'adressant en définitive au bien-être matériel, à la vie des sens, qu'il tend à développer sans cesse, le luxe excessif prouve que la société n'a d'autre but qu'elle-même, que son bien-être matériel; et dans ces conditions, sans un but correspondant à leur nature supérieure, les sociétés, comme les individus, sont fatalement destinés à descendre l'échelle, à s'animaliser. Ce n'est pas pour développer les appétits, la paresse, les vices de quelques-uns, que Dieu a donné la fécondité à la terre, mais pour répandre le bien-être matériel et moral sur le plus grand nombre, le bien-être matériel n'étant qu'une des conditions du progrès.

Aussi, c'est en vain que les sociétés s'agitent dans le luxe, le bien-être matériel : Dieu les mène, en ce sens qu'en dehors de ses lois et de ses desseins, elles ne sauraient engendrer que le mal, le faux progrès.

§ III.

Si l'égoïsme, bien plus que l'ignorance, est l'obstacle sérieux au progrès, le moyen unique pour combattre l'égoïsme, si varié qu'il soit, consiste à développer normalement l'intelligence des générations nouvelles, c'est-à-dire à développer simultanément la faculté de connaître, le sentiment et la conscience : connaître, aimer et servir, ces trois mots du Catéchisme des enfants, résumant la science humaine et aussi l'intelligence humaine, une et indivisible.

La connaissance est un mal ou un bien, suivant le bon ou mauvais emploi (¹) qu'on en fait. Isolée des sentiments supérieurs de notre nature, la connaissance est nécessairement au service du *moi*, de la personnalité, de l'égoïsme; et dans ces conditions, plus elle est développée, et plus aussi elle développe l'égoïsme, l'ignorance (²), l'orgueil. C'est que connaître n'est qu'une partie de l'intelligence, aimer et servir en est le complément indispensable; et pour aimer et servir des desseins autres que nos desseins, faut-il avoir le

(¹) La richesse, la force, la puissance, etc., produisent le bien ou le mal suivant l'emploi qu'on en fait. En toutes choses, c'est l'emploi légitime ou l'abus des biens de toute nature qui engendre le bien ou le mal. La richesse, la puissance, sont pour ainsi dire des forces brutales, aveugles, qui, par elles-mêmes, ne sont ni bien ni mal.

(²) L'ignorance sur toutes les choses qui échappent à la faculté de connaître, et l'orgueil en voulant tout soumettre à la faculté de connaître.

sentiment de ces desseins développé au moins au même degré que la connaissance; différemment, la faculté de connaître absorbe, annihile le sentiment et la conscience, qui seuls obligent l'homme au devoir, et l'arbre de la science engendre de la sorte le mal. Partout et toujours, dans le passé et le présent, l'homme incline, l'expérience des siècles le prouve, à mesure que la connaissance se développe et dès qu'il est à l'abri des nécessités matérielles de la vie, à amoindrir, déconsidérer le sentiment et la conscience qui l'obligent au devoir.

Et c'est pourquoi la relation des trois parties de l'intelligence une et indivisible étant une nécessité dérivant de l'intelligence, il n'y a pas de progrès possible pour les sociétés en dehors de cette relation.

Soit que la vie de l'homme, trop courte, ne lui permette pas d'atteindre le développement simultané de l'intelligence, ou bien que l'intelligence se reconnaisse matériellement impuissante à ce triple développement, toujours est-il, qu'il est extrêmement rare de rencontrer des hommes dont l'intelligence ait été développée, même à un degré ordinaire, sous ces trois aspects; tandis qu'au contraire, il n'est pas rare de rencontrer des hommes dont toute la puissance intellectuelle est concentrée dans la faculté de connaître, à l'exclusion et aux dépens pour ainsi dire du sentiment et de la conscience; et l'homme de science, qui s'étant toute sa vie occupé de l'étude des lois de la matière, de la matière organisée, etc., n'en conclut pas que ces lois existaient avant d'être découvertes; qu'elles impliquent une cause première ayant un but et des desseins, est précisément dans ce cas; la faculté de connaître ayant été développée aux dépens du sentiment, le sens du sentiment manque pour ainsi dire, tant il est peu développé ; il y a lacune dans son intelligence entre la faculté de connaître et le sentiment ; et cette lacune ne lui permet pas de saisir la relation de sa science avec le bien et le beau.

Et lorsque le sens commun (appliqué au bien et au mal, le sens commun c'est la conscience) est peu développé ou faux, plus la faculté de connaître est développée, et plus elle est capable d'excentricités de toute sorte.

Il est vrai que dans l'état actuel de la science, le beau et le bien ne sont pas considérés comme des sciences (1), ou du moins le beau et le bien n'ayant pas la précision des sciences qui reposent sur la faculté de connaître : physique, chimie, mathématiques, etc., on craint pour ainsi dire de compromettre la science, en admettant le beau et le bien au rang de

(1) L'Académie des Sciences morales et politiques a mis au concours pour 1857 la question suivante : « Rechercher et déterminer les principes de la morale, considérée comme science. »

Les concurrents, est-il dit dans le programme, auront à signaler les principes qui divisent les auteurs les plus accrédités de philosophie morale, et à examiner quels sont, de ces principes, ceux sur lesquels la science de la morale peut être le plus solidement établie.

science au même titre que le vrai; et pourtant la science se compose toujours de l'invariable des choses: le vrai invariable, c'est ce qui est dans la création; le beau invariable consiste dans les desseins du Créateur et dans les sentiments secondant ces desseins; le bien invariable est ici-bas pour l'homme dans l'acte conforme à ces desseins; et, on l'aperçoit, les explications plus ou moins satisfaisantes des philosophes et des savants, à diverses époques, ne sauraient porter la plus légère atteinte au vrai, au beau, au bien reposant sur ces bases.

Aussi, la philosophie qui contient ou devrait contenir les principes de la science, principes supérieurs à la science humaine, ne doit-elle pas laisser planer le moindre doute sur l'invariabilité du vrai, du beau, du bien, et sur l'unité et l'invariabilité (1) des trois parties de l'intelligence correspondant à ces trois aspects du vrai; à moins de perpétuer l'antagonisme apparent qui existe entre la faculté de connaître et le sentiment. L'homme est devant ses yeux, il s'agit de l'observer, de l'étudier avec intelligence, bien plutôt que de recueillir comme fait l'éclectisme, ce qu'ont pensé de plus raisonnable sur l'homme les philosophes et les savants qui nous ont précédés; l'humanité marche en avant, et lorsque la science fouille dans

(1) L'intelligence varie assurément suivant les individus; mais quel que soit le degré de développement de l'intelligence, c'est invariablement par la faculté de connaître, le sentiment et la conscience, que l'intelligence est en contact avec le vrai, le bien, le beau.

le passé des siècles, c'est pour profiter de l'expérience des autres, et non pour se dispenser de marcher (1) : aurions-nous beaucoup progressé si l'industrie moderne, les sciences modernes, chimie, géologie, etc., etc., avaient adopté l'éclectisme en industrie, géologie, etc., etc. ?...

Le Christ (2), en révélant à l'homme des desseins

(1) « Ce n'est pas notre faute, dit M. Cousin, dans son livre *Du » Vrai, du Beau, du Bien*, 5e édition, page 436, si Dieu a fait l'âme » humaine plus vaste que tous les systèmes ; et nous sommes bien aise » aussi, nous l'avouons, que tous les systèmes ne soient pas entièrement » absurdes. »

Singulier aveu d'impuissance, il faut en convenir. Dieu n'a pas fait l'âme humaine plus vaste que tous les systèmes ; seulement, si les systèmes ne tiennent pas suffisamment compte de la nature des choses, ils seront nécessairement insuffisants pour expliquer l'âme humaine.

(2) Quelque opinion qu'on ait sur la divinité du Christ, qu'on soit juif, mahométan, etc., toujours est-il que juif et mahométan ne sauraient s'empêcher de reconnaître que la morale du Christ est divine, et que ce qu'il y a d'excellent dans les religions inventées par l'homme, fait *nécessairement* partie de sa morale.

Socrate, Platon, et d'autres génies de l'antiquité, avaient eu, sans nul doute, le sentiment d'une cause première ayant un but et des desseins supérieurs ; mais la doctrine du Christ ne s'adresse pas seulement aux hommes d'une grande intelligence, aux sages de la terre ; elle est accessible à tous : savants, ignorants, faibles, forts, grands et petits, pauvres et riches, etc. C'est que la doctrine du Christ n'est que la révélation des sentiments supérieurs existant en germe chez tous les hommes.

Et n'est-ce pas un fait digne d'épouvante, qu'une morale qui existe pourtant en germe chez tous les hommes, n'ait été entrevue, dans le passé des siècles, que par des géants de l'humanité, tant l'homme perd aisément le sentiment de ses rapports avec Dieu ; aussi plusieurs révélations sous diverses formes ont-elles été nécessaires.

supérieurs dont il avait perdu le sentiment, abruti par la vie des sens, a sauvé l'humanité de la barbarie; mais à mesure que la science humaine, conquise par la faculté de connaître, se répand dans la société, l'homme s'ingénie, on ne saurait trop le redire, à mettre ses desseins à la place de ceux du Créateur, et la société retourne ainsi lentement, mais fatalement, à la barbarie ; différemment, les desseins de l'homme prévaudraient sur ceux du Créateur. Pour faire cesser cette lutte entre la faculté de connaître et les sentiments secondant les desseins du Créateur, c'est-à-dire entre la science acquise et la science innée, faut-il au moins, je le répète, que la philosophie, science des principes, possède les principes *invariables* du bien, du vrai, du beau, reposant sur l'unité et l'indivisibilité de l'intelligence, et surtout qu'elle s'attache à ne montrer la raison humaine que comme la résultante de trois parties de l'intelligence ; différemment, la philosophie favorise, sans le vouloir cette tendance de l'orgueil humain à inaugurer une morale en dehors de la morale du Christ, comme s'il existait, comme s'il pouvait exister deux morales invariables.

Il n'y a qu'une morale invariable, impérissable, éternelle, quelle que soit la manière de la comprendre, de la pratiquer de chacun ; progresser moralement, partout et toujours, c'est se rapprocher de cette morale invariable ; ce n'est pas la morale qui doit se plier à nos besoins, c'est nous qui, pour nous perfectionner, devons aller à elle; accommoder la morale à nos besoins, à nos intérêts (1), à notre nature, ce n'est pas progresser, au contraire, c'est nier implicitement le progrès, si toutefois les desseins du Créateur doivent prévaloir sur ceux de l'homme.

(1) Les lois économiques et sociales doivent, au contraire, s'accommoder aux exigences de la société, et sans pourtant perdre de vue ce qui devrait être, se plier aux imperfections de la société, puisqu'elles sont faites pour la société; tandis que la société est faite pour seconder les desseins du Créateur. Aussi la législation, variant dans chaque société, est d'autant plus parfaite et simple, que la société est plus avancée dans le progrès, c'est-à-dire dans ce qui devrait être.

Mais la philosophie qui n'a pas *à gouverner* les sociétés, la philosophie qui ne s'occupe que des principes, c'est-à-dire de ce qui devrait être, la philosophie n'a pas à modifier sa morale suivant les besoins de la société; elle n'est science des principes qu'à la condition de reposer sur des principes invariables; et voilà pourquoi elle n'a pas à s'occuper de la diversité des religions pratiquées sur le globe; seulement, il ressort de l'invariabilité de ses principes, que toute religion dont le but n'est pas de seconder les desseins du Créateur, est contraire aux principes invariables de la morale.

RÉSUMÉ DE LA Ve PARTIE.

La faculté de connaître, appliquée à l'étude de l'homme, analyse, observe ce qui est antérieur à elle dans l'entendement : c'est le flambeau qui met en évidence ce qui existe dans l'intelligence [1]; et c'est pour le prouver par des exemples à l'appui, que nous nous sommes occupé, dans les chapitres qui précèdent, des rapports de la faculté de connaître avec le bien, le beau et le progrès.

Supprimez par la pensée dans l'homme les sentiments supérieurs secondant les desseins du Créateur, et la morale manquant de base, varie comme les sociétés : ce qui est bien d'un côté de la rivière, est mal sur l'autre rive; et la morale, des sociétés, comme celle des individus, se réduit, en définitive, à un égoïsme plus ou moins intelligent. La conscience n'a pas de raison d'être, et le beau moral est une dérision, une absurdité, une niaiserie; c'est qu'en effet, si les sentiments supérieurs n'existent pas dans le cœur de l'homme, le désintéressement, les dévouements sublimes, etc., ne sont que des duperies à l'usage des niais ou des imbéciles, et, en outre, toute

[1] L'intelligence de l'homme embrasse ainsi l'intelligence innée dérivant de sa nature (sentiments dans ses diverses transformations et instincts), et l'intelligence acquise, conquise par la faculté de connaître.

religion (lien qui lie la créature au Créateur) est impossible ou absurde comme le Paganisme.

Supprimez les sentiments supérieurs, et les beaux-arts, créés par le sentiment de l'artiste, n'ont pas de raison d'être, la faculté de connaître, si développée qu'elle soit, ne pouvant seule créer l'art ou faire un artiste, c'est-à-dire remplacer le sentiment du beau et de la forme du beau. Mais ce n'est pas tout : isolée du sentiment, la faculté de connaître engendre une science ne correspondant pas à l'art, ainsi que nous l'avons expliqué pour l'acoustique.

Soit qu'on observe l'homme interne, connais-toi toi-même; soit qu'on étudie les aspects divers sous lesquels son intelligence est en contact avec la création; soit qu'on considère les œuvres sorties de ses mains [1], toujours la faculté de connaître, le sentiment et la conscience se complètent, et la relation des trois parties de l'intelligence est une nécessité dérivant de la nature des choses; en dehors de cette relation, la création est incompréhensible, l'homme est incompréhensible, les œuvres sorties de ses mains sont incompréhensibles. Bien mieux, en dehors de cette relation, la faculté de connaître elle-même n'existe pas. Supprimez, en effet, par la pensée, les faits premiers, les axiomes dont nous avons le sen-

[1] Dans la Ire Partie de notre travail, nous avons analysé l'entendement humain correspondant avec le vrai, le bien, le beau de la création; dans la IIe Partie, nous avons analysé le sentiment dans les œuvres sorties des mains de l'homme : beaux-arts.

timent; supprimez le sentiment qu'il n'y a pas d'*effet sans cause,* et la faculté de connaître se trouve réduite aux instincts de l'animalité, la connaissance n'existe pas !.....

La raison humaine surgit partout et toujours de la relation des trois parties de l'intelligence, comme la déraison, la folie ([1]), surgissent nécessairement du défaut de relation des trois parties de l'intelligence, et l'arbre de la science contient ainsi le bien ou le mal, suivant la relation ou l'antagonisme des trois parties de l'intelligence une et indivisible.

Le progrès des sociétés dépend de la relation, du concours des trois parties de l'intelligence ; le progrès, et nous nous sommes à dessein étendu dans le dernier chapitre pour le bien définir, suppose toujours deux termes, ce qui est et ce qui devrait être (desseins du Créateur). Ce qui devrait être nous étant révélé par le sentiment et la conscience, en supprimant le sentiment, l'intelligence ne possédant qu'un des

([1]) Le défaut d'équilibre, de relation, entre les trois parties de l'intelligence, suffit assurément pour engendrer la folie autre que celle provenant de vices de conformation ou produite par des causes matérielles, physiques. Ainsi, le sentiment qui n'est pas guidé par la conscience (sens commun), est capable de toutes sortes de folies, comme la faculté de connaître qui n'est pas guidée par le sens commun, est susceptible d'aboutir à la folie.

En outre, de même que les germes d'organisation, mal ou incomplètement développés, n'atteignent pas le but dérivant de la nature, de même aussi l'intelligence anormalement développée n'atteint pas le but dérivant de sa nature.

termes du problème, ce qui *est*, ou la réalité, le progrès est impossible pour les sociétés comme pour les individus; mais c'est surtout dans les beaux-arts que tout progrès est nécessairement impossible en dehors de ce qui devrait être.

Et c'est parce que la philosophie, ou plutôt l'idéologie, fait une trop petite place à l'esthétique et à la morale reposant sur le sentiment, que nous nous sommes aventuré [1] dans les périls d'un travail aussi difficile que des essais d'Esthétique, afin de montrer que le sentiment, dans ses transformations diverses, est la base et le sommet de l'intelligence humaine.

[1] « Il importe à l'homme de travailler à ce qui est bien et juste; quant au succès, il ne doit pas s'en tourmenter. » (Gœthe.)

FIN.

Bordeaux. — Imp. G. Gounouilhou, place Puy-Paulin, 1.

DU MÊME AUTEUR

ORIGINE DE LA GAMME MODERNE, ou Théorie raisonnée de la musique.

PHYSIOLOGIE de la voix chantée.

UNITÉ de la voix chantée et AUSCULTATION de la voix au point de vue du beau.

PHYSIOLOGIE de l'ouïe au point de vue musical, et théorie du métronome.

Chez L. Hachette et Cie.

BORDEAUX. — TYP. G. GOUNOUILHOU, PL. PUY-PAULIN.

www.ingramcontent.com/pod-product-compliance
Ingram Content Group UK Ltd.
Pitfield, Milton Keynes, MK11 3LW, UK
UKHW031900260826
14628UKWH00002B/899

9 782014 445701